전지적
뚜벅이 시점
세계여행

일러두기

이 책에 등장하는 지명의 외국어 표기는 독자들의 여행 준비에 도움이 될 수 있
도록 구글 지도에 등록된 언어로 표기했습니다.

인생의 경험치는 걸음 수에 비례한다

전지적
뚜벅이 시점
세계여행

송현서 지음

시원
북스

호주 시드니 근교 울런공에서 스카이다이빙 하기 전 경비행기에서 내려다본 모습

내 인생의 경험치는 걸음 수에 비례한다

"여행으로 인생을 완성하는 것이 목표입니다."

나를 소개할 때마다 꺼내 쓰는 문장이다. 상황에 따라 더 길게 살을 붙이거나 단어를 조합해 바꾸기도 하지만, 그 속에는 언제나 여행에 대한 깊은 애정과 열렬한 의지가 담겨 있다. 이 문장은 단순한 자기소개를 넘어, 지키고 싶은 고백이기도 하다. 애착이 깃든 운동화를 신고 카메라를 목에 걸고 거리를 걷는 순간을 사랑한다는 고백. 앞으로도 직접 발로 뛰며 경험한 여행자의 이야기를 기록하겠다는 다짐이다.

사람은 누구나 저마다의 이야기를 갖고 있다. 마주하는 여러 상황과 감정이 매시간 페이지를 채워 기승전결을 완성하고 이내 책한 권을 만든다. 나는 지금 그 책을 주체적으로 쓰고 있다. 여행으로 인생을 완성하는 것이 목표라고 내뱉으며 내가 원하는 방향으로 성실하게.

물론 처음부터 그렇게 마음먹었던 건 아니다. 여행을 좋아하는 부모님 덕분에 어릴 적부터 국내 여러 지역으로 가족 여행을 다녔지만, 인생 전체를 관통할 정도로 여행에 큰 뜻이 있지는 않았다. 주변 친구들보다 가고 싶은 곳이 많았던 게 전부다. 특이점은 또래 친구들이 꾸밈에 한창 관심을 갖던 이십 대 초반에 생겼다. 여행하고 싶은 나라를 가보겠다고 아르바이트로 번 돈을 모아 덜컥 오사카행 항공권을 산 것이다.

겁 없이 날아간 타국 일본에서의 시간은 틀을 깨는 영감이자, 호기심 어린 도전이자, 겹겹이 쌓이는 감정으로 채워졌다. 오사카를 여행하는 내내 눈을 이리저리 굴리느라 바빴다. 돈을 아끼고자 예약했던 캡슐호텔의 동굴 같은 침대를 보고는 생각했다. 당연하게 여겼던 침대 모양이 당연한 게 아니었구나.

일본어로 쓰인 간판들을 보면서 한글이 그림으로 보인다는 외국인들의 말을 이해했다. 처음 보는 브랜드 매장 안에는 새로운 아이디어 제품들이 가득했다. 여행하면서 가장 많이 한 말. "오! 이건 뭐야?"

절정은 오사카의 하루카스 전망대였다. 내려다본 도시의 야경을 우주라고 생각했던 당시의 감상이 지금도 선명하다. 그때 눈에 눈물을 그렁그렁 달고 생각한 문장이 바로 지금 온갖 곳에 쓰는 문장이다. "여행으로 인생을 완성하는 삶을 살아야지."

여행은 경험의 총합이라고 믿기 시작한 순간이다. 갖고 있던 익숙함을 모두 내려놓고 새로이 줍고 받아들이는 시간들은 분명 힘들다. 때로는 어려움에 쭈뼛 눈치 보이고 작아질 때도 있다. 의지할 곳이 없어 외로움이 찾아오기도 한다.

하지만 이십 대 여행 꿈나무는 감히 확신했던 것 같다. 인생의 경험치는 걸음 수에 비례한다는 것을. 모든 것이 처음이고 정답이 맞는지 헷갈리는 상황들이 나를 더 나은 사람으로 성장시켜줄 거라고 믿었다. 옷 가게 피팅룸에서 옷을 입자마자 '이거다!' 싶어 바로 카운터로 들고 가는 것과 같은 확고한 끄덕임으로 여행하는 삶을 택했다.

이십 대 초반의 생각은 삼십 대가 된 현재에 이르렀다. 그 사이 목표했던 여러 여행을 이뤘다. 제주도 한 달 여행, 반 년간의 세계여행, 유럽 크리스마스 여행 등 다짐대로 이십 대를 완성했고 삼십 대의 문을 열었다. 그 다짐은 직업을 갖는 데도 영향을 줬다. 여행사 직원으로, 여행 에디터로 지낼 수 있는 여러 기회를 안겨주었고, 그 덕분에 '덕업일치'의 삶을 경험할 수 있었다. 여행은 내가 지불한 돈 그 이상을 준다는 걸 지금은 잘 알고 있다.

여행하면서 일기에 쓴 글을 비롯해 오사카의 하루카스 전망대에서 했던 다짐을 지켜낸 일련의 과정을 이 책에 담았다. 다짐했던 상황처럼 낭만적이고 환희에 찬 순간도 있지만, '나 때문에 못 산다 정말'이라며 자책했던 시간 또한 여과 없이 담았다. 여행은 필연적으로 뜻대로 되지 않기에 굳이 포장하지 않았다. 그런 점에서 집 나가면 고생인 건 맞지만 고생 끝에 낙이 온다는 것 역시 정설, 경험해보니 여행은 특히 그렇다.

여행이 지불한 돈 그 이상으로 무엇을 주는지, 이해를 돕는 사례로서 이 책이 작용하길 바란다. 집 떠나면 고생이라고 생각하는 분들이 다시 한번 목적지로 가는 티켓을 손에 쥐기를, 경험주의자의 여행은 어떤지 궁금한 분들께 작은 해소가 되기를, '새로운 곳이 어디 있을까' 매일 지도 앱과 항공권 검색 사이트에 들어가는 모험심 가득한 여행자에게 솔깃한 제안이 되기를.

꼭 여행이 아니어도 좋다. 어떤 삶을 만들고 싶다고 다짐한 모든 사람들에게 이 책이 유의미한 응원이 되기를 바란다.

차 례

2장 아는 세상이
많아진다는 건

1장

강렬한 추억 하나로
사랑하게 되는
도시가 있다

Prague, Czech Republic

Budapest, Hungary

Florence, Italy

Sydney, Australia

Sintra, Portugal

Nice, France

Quebec City, Canada

프라하 구시가지 광장
크리스마스 마켓

굴뚝 빵 입에 물고
인생 첫 유럽 크리스마스 마켓

지금까지 전 세계 수십 개의 전망대를 가봤는데, 그중 내 인생
에 큰 점을 찍은 전망대는 딱 두 개다. 앞서 들어가는 글에서 언급한
일본 오사카의 하루카스 전망대와 체코 프라하의 천문시계탑인데,
특히 천문시계탑은 인생 버킷리스트 중 하나를 실현한 장소다.

처음으로 혼자 떠나는 유럽 여행지로 체코 프라하를 선택했다.
이유는 단 한 가지. 버킷리스트들을 나열한 휴대폰 속 메모장에서
한 줄을 긋고 싶었다. 유럽 크리스마스 여행.

2014년 11월, 일본 오사카에서 우연히 크리스마스 마켓을 만났
다. 여행 경험이 짧았던 당시의 내가 기대하지 않은 풍경이었다(해
외에서는 11월부터 크리스마스 마켓을 시작한다. 유럽도 일본도 마찬가지).
기대하지 않았던 만큼, 크리스마스 마켓을 본 적도 없었던 만큼 입
이 떡 벌어졌다. 알록달록 조명들로 반짝이는 나무들, 오두막을 닮
은 작은 마켓마다 판매하는 아기자기한 공예품과 먹거리들의 풍경
은 내가 알고 있던 크리스마스가 아니었다. 트리와 캐롤은 일부에
불과했다.

여행을 마치고 한국에 돌아와서 해외 크리스마스를 찾아봤다.
크리스마스 시즌을 가장 성대하게 보내는 곳은 유럽이었다. 유럽은
아시아보다 크리스마스에 진심이다. 11월부터 크리스마스 장식이 가
게 안팎을 장식하고 차도 위에는 조명들이 매달려있다. 크리스마스

에만 먹는 음식이 따로 있는 나라들도 있다. 하이라이트는 11월부터 12월까지 열리는 크리스마스 마켓. 열기구만큼 거대한 높이의 크리스마스 트리와 각종 음식과 소품 등을 파는 가게들, 작고 큰 공연들이 모여 만들어지는 크리스마스 마켓은 유럽 크리스마스 여행의 꽃이다.

아시아 사람들뿐만 아니라 전 세계 많은 여행자들이 크리스마스 마켓을 위해 유럽 여행을 계획한다. 2019년 나는 그중 한 여행자가 되기로 결심하고 무려 1년 뒤 출발하는 체코 프라하행 항공권을 결제했다. 1년 동안 열심히 일해서 모은 돈으로 크리스마스 시즌에 유럽을 다녀오자!

고맙게도 1년은 생각보다 빨리 지나갔다. 당시 내가 얼마나 설렜는지는 다니고 있던 회사 본부장님과 12월 초에 했던 면담 중에 '굳이' 한 말로 대신할 수 있다. "제가 유럽에서 크리스마스를 맞이하는 게 인생 목표 같은 거였는데요. 이번 주에 보러 가요! 굉장히 설레는 게 제 근황입니다."

혼자 떠난 첫 번째 유럽 여행이었다. 가기 전날 '소매치기 제발 안 만나게 해주세요' '비행기 연착되지 않게 해주세요' '아무 문제 없게 해주세요' 일기에 주절주절 쓰고 출발했다. 유럽을 혼자 가는 게 처음이라 걱정이 이만저만이 아니었다.

프라하에서 유럽 크리스마스 여행이라는 버킷리스트를 이룬 날

다행히 프라하에 도착한 첫날까지 걱정했던 일은 일어나지 않았다. 호스텔에 체크인할 때 숙박비를 현금으로만 받는다고 해서 한밤 중에 환전소를 찾아 헤맨 정도? 호스텔 사장님께서 환전소가 호스텔 근처에 있다고 했는데 그걸 못 찾아 도보 20분을 걸어 광장 근처에 있는 환전소에서 겨우 유로로 바꿨다. 정말 딱 걱정했던 일만 일어나지 않았다.

프라하의 12월은 롱패딩을 입었음에도 추웠다. 하루 종일 밖에 있다 보니 체온이 계속 낮아지는 모양이다. 원래도 차가운 발가락은 일찍이 얼었고, 카메라를 들고 다니느라 주머니에 계속 넣고 있을 수 없는 손은 감각을 잃어가고 있었다. 참 추운 프라하에서의 둘째 날이었다.

추운 날씨에도 야외를 돌아다닐 수 있었던 건 오직 크리스마스 덕분이었다. 크리스마스 D-3. 11월 말부터 일찍이 반짝이기 시작했다는 프라하의 거리들은 이미 메리 크리스마스였다. 거리를 채우고 있는 건물들이 트리와 다를 바가 없었다. 금빛 조명들이 건물 외벽 곳곳에 걸려있었고, 가게 유리창에는 트리 모양으로 조명 줄이 붙어 있어 빛으로 만든 트리가 꺼졌다 켜졌다를 반복하고 있었다. 각양각색 건물 모서리에는 가게들 간판보다도 큰 리본이 붙어 빛을 발하고 있었다.

프라하의 한 상점에 걸려 있는 크리스마스 장식

거리 양옆의 기둥에 줄을 묶어 만든 것 같은 조명 장식들도 시
선을 끌었다. 차도 위에 떠있는 것 같은 착각을 불러일으키는 장식
들이 일정한 간격으로 거리를 밝히고 있었다. 그야말로 빛의 축제

였다. 한국에서는 본 적 없었던 화려한 크리스마스에 눈에 별이 들어오는 것 같았다. 낮에도 이렇게까지 빛날 수 있구나.

어느 거리에서나 캐럴을 실컷 들을 수 있었다. 덕분에 며칠 뒤에는 혼자 흥얼거리는 경지에 올랐다. 어쩌면 이런 분위기가 현지인들이 꾸준히 크리스마스를 중요하게 생각할 수 있도록 만드는 게 아닐까. 프라하의 크리스마스는 무덤덤할 생각이 없어 보였다.

겨울의 프라하는 낮이 굉장히 짧다. 한국의 겨울도 낮이 짧아 6시 퇴근길이 캄캄해 아쉬웠는데 프라하는 4시부터 해가 지기 시작한다. 그럼에도 아쉽지 않았던 건 반짝이는 조명들 덕분이었다. 낮에도 빛나지만 역시 절정은 해가 진 뒤였다. 해가 지면 많은 사람들이 크리스마스 마켓이 있는 작고 큰 광장으로 모여든다.

그중에서도 메인은 구시가지 광장에 있는 크리스마스 마켓이다. 구시가지 광장에 가는 길은 내가 길을 찾아가는 것인지, 앞사람의 등을 보다 보니 도착한 것인지 모를 정도로 많은 인파가 모여들었다. 이 많은 사람들이 낮에는 어디에 있었던 걸까. 낮에는 본 적 없는 규모의 사람들이 마켓으로 가는 길 내내 함께했다. 소매치기를 특히 주의해야 한다는 생각이 들어 매고 있던 크로스백을 손으로 감싸고 주의력을 바짝 곤두세우며 걸어갔다. 감각을 뾰족하게 세우며 걷다 보니 이내 크리스마스 마켓이 보이기 시작했다. 와, 내

크리스마스 시즌의 프라하 거리 풍경

가 지금 뭘 본 거지?

광장 안에 들어서지도 않았는데 벌써 대형 트리와 수많은 마켓들의 지붕이 보이기 시작했다. 벌써부터 인생 최고의 크리스마스 시즌이 되리라는 확신이 들었다. 눈이 뒤집혀 마켓 안을 곧장 둘러 보려다가 멈칫했다. 아, 전망대 먼저 가기로 했지!

천문시계탑 옆 인포메이션 입구로 들어가면 시계탑 위 전망대로 갈 수 있는데 그 전망대에서 보는 크리스마스 마켓 전경이 가장 유명하다. 미리 조사해간 만큼 능숙하게 입장권을 구입할 수 있는 3층으로 갔는데 와…우… 대기줄이 계단을 따라 길게 늘어져 있었다. 그렇게 30분쯤의 시간을 흘려보내고 나서야 전망대에 도착할 수 있었다.

그 뒤로는 내가 뭘 했는지 선명하게 기억나지 않는다. 항공권을 결제하고 1년 동안 수없이 봤던 사진 속 풍경을 눈 앞에 두고 보느라 바빴기 때문이다. 아무리 카메라로 담으려고 해도 담기지 않는 비현실적인 황금빛 풍경이었다. 광장을 에워싸고 있는 마켓과 그해 동유럽 크리스마스 마켓 트리 중 가장 예뻤다는 후기가 있었던 거대한 트리. 마켓의 빛나는 조명의 힘은 주변 건물들에 닿아 외벽을 물들였다. 광장 밖 거리의 나무들은 연말 시상식을 방불케 하는 눈부신 드레스를 입었다. 그 모습이 전망대에서 보는 모든 전경을 꼼꼼히 황금빛으로 채우겠다는 의지로 보여 기특할 정도였다.

진짜 이걸 보다니. 많은 사진작가들이 멋지게 담아낸 사진을 보고 감탄했던 건 예고편에 불과했다. 전망대에 있던 모든 사람들이 같은 감정을 느꼈을지 모르겠지만, 한 가지 분명한 것은 모두가

프라하 구시가지 광장 크리스마스 마켓에서 먹었던 굴뚝 빵 뜨르들로

발 디딜 틈 없는 인파를 인내할 정도로 감동받았다는 사실이다.

전망대의 통로는 사람 한 명이 지나갈 수 있을 정도의 넓이였는데 그 통로에 사람들이 빼곡했다. 전경을 보는 사람들과 다음 차례를 기다리는 사람들, 지나가려는 사람들로 아수라장이었다. 그럼에도 사람들의 감탄사가 이곳저곳에서 들렸던 것을 보면 그 붐빔 속에서도 사람들은 2019년 12월 22일 프라하의 밤을 충분히 즐겼던 것 같다.

그렇게 먼저 등 돌리고 싶지 않았던 풍경을 억지로 뒤로 하고 크리스마스 마켓으로 향했다. 전망대에서 보이지 않았던 요소 하나하나가 눈에 들어오기 시작했다. 열정적으로 쇠를 달구는 대장간 아저씨. 바쁘게 굴러가고 있는 굴뚝 빵 ‘뜨르들로trdlo’. 장식이라고 하기에는 작품에 가까웠던 오너먼트들. 마켓에 가면 누구나 기본으로 한 잔은 마시는 것 같은 따뜻한 펀치, 피자 등이 사람들의 시선을 끌고 있었다. 프라하 곳곳에 여러 크리스마스 마켓들이 열렸지만 역시 메인답게 구시가지 마켓이 가장 화려하고 다채로웠다.

저녁을 먹고 온 터라 배가 불렀지만 무언가를 먹어야만 후회하지 않을 것 같아 뜨르들로 가게 앞에 줄을 섰다. 70코루나를 내고 갓 나온 오리지널 뜨르들로를 받았다. 계피 설탕 외에는 아무것도 바르지 않은 뜨르들로는 프라하 여행 중에 먹은 모든 뜨르들로 중 가장 식감이 생생했다.

소라빵처럼 손가락 두 개 정도의 넓이로 만든 반죽을 돌돌 말아 구운 뜨르들로는 갓 구운 만큼 결이 살아있었다. 식빵처럼 겉은 바삭하고 속은 촉촉하면서 부드러운 식감이 계속 먹고 싶게 했다. 빵 겉에 붙은 계피 설탕이 주는 행복감은 크리스마스 선물을 받았던 어릴 적 기분과 다를 바가 없었다. 연말에만 열리는 특별한 맛집의 음식을 먹었다는 사실에 으헤헤- 뿌듯해하며 뜨르들로의 돌돌

프라하 구시가지 광장 크리스마스 마켓의 한 가게

말린 결을 따라 빵을 뜯어먹었다.

뜨르들로를 받아 들었을 때부터 부슬부슬 비가 내리기 시작했
는데 잘게 부숴지듯 떨어지는 비가 눈보다 크리스마스 마켓과 잘
어울렸다. 비록 크리스마스 3일 전이었지만 구시가지 크리스마스

마켓에서 느낀 설렘과 감탄은 이브 날 저녁이라 해도 무방했다. 죽기 전에 한 번은 가겠지, 했던 것을 몇 십 년이나 앞당긴 날이었고, 당긴 대가는 마켓 지붕 아래서 먹은 굴뚝 빵 맛만큼 벅찬 감동이었다.

여행과 관련해서 사람들이 흔히 생각하는 희망사항들이 있다. 오로라 보기, 해외 한 달 여행, 로드 트립, 좀 더 크게는 세계일주. 이런 목표는 높은 허들이 있다고 생각되기 마련이다. 때문에 인생 전체의 버킷리스트로 둔다. 마치 언제 밥 한번 먹자는 말처럼. 유럽 크리스마스 마켓 보기가 나에겐 그런 것이었다. 죽기 전에 한 번은 가겠지 뭐.

프라하 크리스마스 여행은 밥 한번 먹자는 약속을 바로 실행하는 의지와 적극성을 배운 여행이었다. 무려 1년 뒤 항공권을(그것도 환불도 얼마 못 받는 저렴한 항공권이었다) 끊는 대범함은 내 삶을 원하는 방향으로 만들겠다는 의지이기도 했다. 흘러가는 대로가 아닌, 물길을 만드는 삶의 방식을 선택한 순간 중 하나였기에 처음 혼자 떠난 유럽 여행의 기억은 지금도 프라하 크리스마스 마켓의 조명들처럼 찬란하게 반짝인다.

유럽 크리스마스의 낭만!
프라하의 주요 크리스마스 마켓

* **구시가지 광장**Old Town Square: 메인 크리스마스 마켓

* **바츨라프 광장**Wenceslas Square: 쇼핑 거리와 가까운 마켓

* **프라하 성 앞**St. George's Square: 성 앞에서 펼쳐지는 소소하지만 있을 건 다 있는 마켓

* 크리스마스 시즌에는 평소보다 많은 사람들로 붐비는 만큼 소매치기에 각별히 유의하세요.

🧭 **프라하 크리스마스 마켓 정보를 볼 수 있는 사이트**
  - **체코 관광청 공식 사이트**: https://www.visitczechia.com
  - **체코 관광청 공식 블로그**: https://blog.naver.com/cztseoul

프라하에서 출발하는
부다페스트행 야간열차 통로

이거 혹시
호그와트행 열차인가요?

2019년 크리스마스 여행은 처음으로 입국하는 나라와 출국하는 나라가 다른 여행이었다. 체코에서 시작해 헝가리에서 끝나는 여행의 절반에는 비행기가 아닌 육로로 나라를 이동하는 시간이 있었다. 나라를 옮기는데 비행기를 안 타다니!

체코 프라하에서 헝가리 부다페스트로 이동하는 방법은 더 저렴한 버스도 있었지만, 크리스마스 여행의 낭만을 이어가고자 이색적인 경험에 투자했다. 그건 바로 '야간열차'를 타는 것이다. 12월 24일 크리스마스 이브에 체코 프라하에서 출발해 크리스마스 당일, 헝가리 부다페스트에 도착하는 야간열차를 예약했다.

본래 기차는 탑승일 기준으로 대략 2~3개월 전에 좌석을 오픈한다. 사전에 정보를 알아보고 3개월 전부터 예약 사이트를 매일같이 들락날락했지만 좀처럼 열리지 않았다. 연휴라 기차 운행을 안 하나 슬슬 불안할 때쯤이었던 한 달 전, 크리스마스 주간의 운행 스케줄이 열렸고 비로소 안도하며 예약을 할 수 있었다. 야간열차는 다인실과 일인실이 있었는데 과감하게 일인실을 예약했다. 다인실 잔여 좌석도 있었지만, 소매치기에 대한 두려움이 커 14만 원짜리 일인실을 선택했다.

체코 프라하에서 호스텔 체크아웃 시간에 맞춰 오전에 캐리어를 끌고 나왔다. 캐리어를 미리 열차를 타는 중앙역 물품보관함에 보관하고 여행할 계획이었다. 달달달 바퀴가 빠질 것 같은 돌길 위로 캐리어를 굴렸다.

그런데 한 가지 간과한 게 있었다. 크리스마스에 진심인 유럽은 정작 크리스마스 이브부터는 문을 닫는 가게들이 많다. 카페, 레스토랑, 심지어 맥도날드 같은 프랜차이즈들도 일찍 마감하거나 아예 영업을 하지 않는 경우가 많다. 때문에 갈 곳이 없었다. 크리스마스 마켓조차 크리스마스 이브와 당일은 운영하지 않는 게 보편적이기 때문에(생각해보니 마켓을 운영하는 사람들도 현지인이니까 안 하는 게 맞는 거였다) 여행자 입장에서는 난처한 날이었다. 갔던 거리들을 마지막으로 다시 한번 돌아보며 시간을 보내다가 출발 4시간 전에 중앙역으로 향했다.

열차 출발 시간은 오후 9시 56분. 중앙역에는 노숙자 외에는 사람이 그리 많지 않았다. 술에 취한 노숙자들의 큰 소리 말고는 딱히 눈길이 갈만한 광경도 소리도 없어 계속 역사 내 의자에 앉아 있었다. 아이고, 허리야 어깨야… 매일같이 롱패딩과 핸드백을 매고 여행한 지 나흘째라 슬슬 어깨가 아파오기 시작했다. 혼자 징징대다 마지막 남은 에너지도 다 썼는지 피곤해져 캐리어 손잡이에 이마를 기댔다. 조금 졸아볼까.

잔 건지 모르겠을 정도로 눈을 떴다 감았다 반복하니 드디어 전

한적한 체코 프라하 중앙역

광판에 플랫폼 번호가 떴다. 와! 드디어 간다! 야간열차에 대한 기
대감이 잠을 홀딱 깨웠다.

플랫폼을 찾아 캐리어를 끌고 올라가니 승강장이 등장했다. 기

차 소리의 울림과 차가운 공기가 야간열차에 대한 상상 그 자체였다. '끼이익' 얇고 날카로운 소리를 내며 들어온 파란색 기차. 기차 칸 앞에 서는 제복 입은 역무원들. 열차를 타기 위해 모여드는 사람들. 입에서는 소리 없이 김이 나고 웃음도 났다.

한국에서 미리 프린트한 티켓에 적힌 열차 칸 번호 앞에 서 계신 역무원께 티켓을 보여드렸다. 마치 "마법사만 마법학교에 갈 수 있으니 마법사인 증거를 보여주세요"라고 하는 것만 같은 상황. 네, 저 마법사예요!

열차에 올라 등장한 긴 복도에서 예약한 객실 번호를 찾았다. 들어가자마자 거의 바로 있는 일인실을 보고 '여기다!' 마음속으로 환호를 외쳤다. 이번 여행 일정 내내 머물렀던 도미토리와 비교하면 일인실 컨디션은 단연 호텔급이었다. 포근한 이불과 집에서 쓰는 베개와 같은 높이의 베개가 가장 먼저 마음에 들었다. 한 병은 마시지도 못하고 새것으로 두고 가겠구나 싶을 정도로 넉넉하게 느껴지는 두 병의 생수. 도톰한 수건은 낸 돈에 비해 후하다는 생각을 들게 했다. 장롱처럼 양쪽 문을 열면 등장하는 세면대는 마법의 장롱처럼 느껴졌다. 세면대 위에 있는 빨간 버튼을 누르니 세면대 위로 물이 떨어졌다. 버튼 양옆에는 조명과 콘센트까지. 열차에 없는 게 없었다.

이것저것 다 만져보고 이리저리 고개를 다 돌려본 뒤 침대 이불을 들어 다리를 넣을 때쯤 열차는 역을 떠나기 시작했다. 오오! 움직여 움직여! 비행기를 태어나서 처음 탔을 때 '오, 뜬다 뜬다!' 공중 부양을 해낸 사람처럼 처음 겪는 느낌에 오두방정을 떨었다. 앉아서 기차를 탈 때와는 또 다른 느낌이었다. 마치 온몸에 힘을 빼고 물 위에 떠 있는데 누가 나를 끌고 가는 느낌. 심지어 열차는 칸과 칸을 연결하여 달리는 형태이기 때문에 이리저리 양옆으로 흔들린다. 거기에 앞뒤로도 울렁울렁거리며 끌려간다. 태어나서 처음 경험하는 승차감이 흥미로웠다.

억지로 눈을 감았다. 아무리 좋아도 일단 잠은 자야 다음날에도 가벼운 컨디션으로 여행을 할 수 있으니까. 물론 프라하 중앙역에서 전광판을 본 순간부터 잠이 달아난 덕에 새벽에 깨고 말았지만. 어차피 프라하에서 계속 시차 적응에 실패했기 때문에 숙면은 빠르게 포기했다. 현지 시각 새벽 4시에 야간 열차 안에서 하루를 시작했다. 졸졸졸 흐르다가 멈추는 세면대 물에 빨간 버튼을 계속해서 누르며 세수도 하고 앞머리도 감았다(샤워를 할까하고 객실을 나가 공용 샤워실을 갔는데 마음 편하게 씻을 자신이 없었다).

남은 시간은 휴대폰으로 음악을 작게 틀어놓고 해가 뜬 뒤의 창밖을 구경했다. 이른 새벽다운 흐린 하늘 아래 넓은 초원이 펼쳐지고 있었다. 중간 중간 등장하는 세모 지붕의 집들. 두 발로는 보지 못하는 풍경들을 지나가는 열차. 야간열차의 매력을 하나 더 알게 됐다. 추운 겨울에 포근한 흰 이불을 덮고 기차 창 밖을 보고 있다니. 낭만도 이 정도면 치사량이라며 졸부가 된 마법사인 척을 하고 있는데 어디선가 삐비비빅 알람이 울렸다. 그때 알았다. 머리맡에 있는 버튼 중 하나가 알람 기능이 있는 버튼이었다는 것을. 기상 알람까지 제공하는 세심한 열차라니! 열차는 도착 두 시간 전쯤 알람을 울렸다.

알람이 울리고 나니 복도가 꽤 시끌벅적해졌다. 세면대가 없는 다인실을 쓰는 사람들이 씻으러 왔다 갔다 하는 것 같았다. 일찍이 옷도 갈아입고 내릴 준비가 끝난 나는 계속 감상 타임…을 가진 건 아니고 조식 대기 타임을 보냈다. 배가 고픈 만큼 조식에 대한 궁금증이 커졌다. 딱딱한 돌 같은 빵이 들어있어 많이들 남긴다는 소문이 무성한 조식. 조식은 도착하기 한 시간 전쯤 받을 수 있었다. 흰색 박스와 카페 일회용 컵으로 식사가 배달됐다. 하얀 이불 위에 두니 그럴싸한 모습의 조식이었다.

결과적으로 소문이 무성했던 빵은 많은 탑승객의 평을 반영한 것인지는 모르겠으나, 사전에 봤던 것과 완전 다른 모습의 빵으로 바뀌어 있었다. 곡물 식빵에 잼, 버터, 크림치즈가 담겨 있어 치덕

박스에 들어있는 야간열차의 조식

치덕 식빵에 발라 따뜻한 티와 박스 안에 들어있던 주스와 먹으니 먹을만했다. 쿠키도 있었는데 이미 충분히 배가 불러 캐리어에 넣었다.

조식 시간 뒤부터는 시간이 빠르게 흘렀다. 조식을 다 치우고 나니 캐리어를 들어야 했고 두고 간 것이 있는지 이불 휙 배게 휙. 그렇게 도착한 호그와트, 부다페스트 켈레티Budapest-Keleti 역에 발을 디뎠다.

14만 원짜리 움직이는 호텔에서 보낸 크리스마스 이브 밤. 역무원 제복을 입은 아저씨가 조식을 주며 "굿모닝~"이라고 인사하는 열차 속에서 나는 마치 9와 4분의 3 승강장에 들어서 처음 호그와트행 열차를 탔던 해리포터만큼이나 호기심 가득하고 모든 것에 놀랐던 초보 마법사였다.

약 10시간 반을 달려 도착한 부다페스트. 켈레티 역에서 곧장 지하철을 타고 숙소였던 한인 민박으로 향했다. 부다페스트는 지하철 티켓 펀칭을 검사하는 직원들이 많은 편이라고 들었는데, 실제로 숙소 근처 역에서 내리자마자 직원이 티켓을 확인했다. 엄격한 곳이구나, 생각하면서 출구로 나섰다.

피렌체보다 훨씬 세월이 많이 느껴지는 거리가 등장했다. 보수 작업을 안 하는 건지 칠이 벗겨진 건물들과 거리 곳곳에 보이는 노숙자들이 캐리어 손잡이를 꽉 잡게 했다. 피렌체와는 확실히 다른 세상이다. 조금 긴장하면서 힘차게 캐리어를 끌어 빠른 걸음으로 숙소를 찾아갔다.

숙소 체크인을 하고 가장 먼저 '성 이슈트반 대성당'으로 갔다. 정확하게는 대성당이 아니라 대성당 앞 광장에서 열리는 크리스마스 마켓을 보러 간 거였는데 나팔 소리에 이끌려 목적을 바꿨다. 크리스마스 당일에 마켓이 열려 다행이라고 생각하며 신이 났는데 한쪽에서 나팔 소리가 들렸다! 고개를 돌리니 성당 정문 앞에서 어떤 분이 나팔을 크게 불고 계셨다. 현지인으로 보이는 사람들이 성당 안으로 들어가고 있었다. 소리에 이끌린 것인지 사람들의 발걸음에 이끌린 것인지 나도 자연스레 성당 안으로 들어가게 됐다.

성당 안은 외관을 보며 예상했을 때보다 넓고 층고도 높았다. 금빛이 유독 많이 보여 화려했다. 많은 사람들이 자리를 채우고 있었고 신도가 아닌 방문객들은 맨 뒤에 서서 볼 수 있다는 내용의 안내판이 세워져 있었다. 아, 크리스마스 미사구나! 크리스마스에 큰 의미를 두는 유럽에서 보는 크리스마스 미사라니. 심지어 부다페스트를 대표하는 대성당에서 말이다.

영화 속 호그와트 열차 같았던 신비로운 야간열차를 타고 와서 크리스마스 미사를 보는 여정이 마치 판타지 장르 같았다. 미사에 대해 무지한 데다가 스크린 자막 속 노래 가사도 헝가리어로 나와 무엇이 진행되고 있는지는 정확히 알 수 없었지만, 성가대의 경건하면서도 고운 노래 소리와 파이프 오르간에서 나오는 입체적인 소리에 소름이 돋았다. 나는 무교임에도 불구하고 성스러운 시간이라는 걸 충분히 실감할 수 있었다. 다가오는 새해를 떠올리며 소원을 빌었다.

그날 저녁, 숙소였던 한인 민박 식탁에서 묵고 있는 사람들과 이야기를 나누었다. 그러다 오늘 대성당 미사 현장에 갔던 사람이 있는지 물었는데, 그곳에 갔던 사람은 숙소에 나 혼자뿐이었다. 이 여행이 나만의 이야기로 완성되고 있다는 걸 다시 한번 자각하게 되는 순간이었다.

체코-헝가리 야간열차의
낭만을 실현하는 방법

* 열차 티켓은 체코 철도청 홈페이지에서 사전에 예매할 수 있어요.

  - **체코 철도청 사이트**: https://www.cd.cz/default.htm

* 만약 헝가리에서 체코행 열차도 예매한다면 헝가리 철도청에서 예매해야 합니다.

* 체코 프라하에서 헝가리 부다페스트로 가는 열차 티켓의 가격은 같은 클래스라도 예매 시점에 따라 가격이 달라요. 일정이 확정되면 열차 예매부터 진행하는 것을 권장합니다.

* 열차를 예매하면 메일로 온 열차 티켓을 반드시 인쇄합니다. 역무원께서 열차 탑승 전 티켓을 확인하고 수거했다가 조식시간에 다시 돌려줍니다.

* 1인실은 조식과 생수, 슬리퍼, 수건이 모두 기본으로 제공됩니다.

* 조식 음료는 커피와 티 중 선택할 수 있습니다. (그 외 음식은 단일 메뉴)

* 소리에 예민한 편이라면 귀마개를 사전에 준비하세요. 열차가 달리는 소리는 열차 안에서도 생생합니다.

보볼리 정원

계획형 여행자가
무계획에 도전하면 벌어지는 일

여행을 떠나기 전에 자세한 계획을 세운다, 세우지 않는다. 여행 타입을 이야기할 때 흔히 계획 여부로 유형이 나뉜다. 나는 그 질문에 대한 답이 단 한 번도 바뀐 적이 없는 견고한 계획형 여행자다. 언제나 엑셀 혹은 노션에 예약한 숙소와 항공권 정보 그리고 현지 유의사항이나 보고 싶은 여행지들을 기록하고 출국한다. 계획을 세우고 정리하지 않으면 여권을 두고 공항에 가는 사람이 된 것 같은 불안한 마음이 든다.

2023년 11월 초부터 2024년 5월 초까지 175일간 떠난 세계여행 중에도 마찬가지였다. 몇 달간 도시 이동을 수십 번 했지만 항상 다음 도시에 가기 전 준비 단계를 거쳤다. 딱 한 도시를 제외하고. 이 에피소드는 한국을 떠난 지 5개월 차가 되던 시점의 영국 런던에서 시작된다.

"계속 준비하는 것도 지치네…." 천장에 거미줄이 보이는 저렴하지만 낡은 호스텔 다인실 이층침대 위에서 다음 나라인 이탈리아 여행을 준비하다 중얼거렸다. 장기여행을 하다 보면 반드시 한번은 지친다더니 그 시기가 온 것 같았다. 익숙함이 그립고 체력적으로도 정신적으로도 피곤했다.

여행하면서 어딘가 아프거나 감정적으로 힘들면 스스로 내과, 이비인후과 혹은 정신의학과 의사가 되어 진단한다. 환자분, 많이 지치신 것 같아요. 다음 여행지는 조금 생각 없이 여행하시죠.

그렇게 세계여행을 시작하고, 아니 여행하는 삶을 살겠다고 마음먹은 뒤 처음으로 여행할 도시를 자세히 알아보지 않았다. 도시를 이동하는 항공편과 숙소, 사전에 예약해야만 입장할 수 있는 미술관 등의 여행지 티켓만 준비하고 노트북을 덮었다. 며칠 뒤에 이날을 원망하게 될 줄 모르고.

여행하면서 '우아한'이라는 수식어가 도시 이름과 퍼즐처럼 깔끔하게 붙는 도시를 두 번 만났다. 한 곳은 프랑스 파리였고 다른 한 곳이 이탈리아 피렌체다. 피렌체는 즐겨 봤던 프로그램인 tvN 토크쇼 〈알쓸신잡 3〉에 등장한 뒤로 가보고 싶은 도시가 됐다. 두오모 대성당의 둥근 머리가 화면에 나올 때마다 실제로 보면 어떨까 궁금했다. 미켈란젤로와 보티첼리 등 세계적인 예술가들이 만들어낸 명작들도 실제로 보고 싶었다. 여기에 피렌체를 10번 이상 다녀왔다는 김영하 작가님의 말씀은 직접 내 눈으로 보겠다는 추진력을 발휘하게 한 강력한 계기가 됐다. 피렌체가 어떤 곳이길래?

피렌체는 산드로 보티첼리의 그림 〈봄 primavera〉을 닮은 도시였다. 적어도 처음으로 직접 마주한 피렌체는 그 그림을 똑 닮았다. 르네상스의 도시 피렌체의 분위기를 간결하게 설명할 수 있는 무언가를 사흘간 여행하면서 찾고 싶었다. 주택가 담벼락 너머까지 풍

미켈란젤로 광장에서 본 두오모 대성당

보티첼리, 〈봄〉

성하게 자리 잡은 등나무에서는 주렁주렁 포도처럼 피어나는 연보라색 꽃이 피어 있었다. 보볼리 정원 위에서는 연노란 목향장미가 화려하게 덩굴로 날개를 펼쳤다. 구시가지에는 브라운색 벽돌 건물들이 통일감을 갖고 있었다. 미켈란젤로 공원 위 하늘하늘한 바람의 결을 느끼며 바라본 보랏빛 피렌체의 일몰. 조명이 별처럼 군데군데 빛나던 저녁의 시뇨리아 광장. 눈에 들어온 모든 것들에서 고아함이 느껴졌다.

그 감상을 조금이라도 선명하게 정리할 수 있는 무언가를 찾아다니다가 우피치 미술관에서 기어코 발견했다. 숲을 배경으로 수백 개의 야생화와 드레스가 움직일 것처럼 나풀대는 가로 314cm, 세로 203cm짜리 커다란 그림 앞에서 '이게 피렌체다' 답을 내렸다. 피렌체는 봄날의 숲이다. 가벼움이 느껴지는 옷과 열매를 맺은 나무, 기어코 피어난 꽃에서 느껴지는 산뜻한 생명력이 그림 밖에도 있다. 보티첼리가 그림을 그렸을 때에도 피렌체 구시가지는 이런 풍경이었을 것 같다고 합리적인 의심을 하면서 그림이 인쇄된 엽서를 구입했다. 피렌체를 오래 소장하고 싶은 마음을 담아.

이탈리아 여행 두 번째 도시였던 피렌체는 첫 번째 도시였던 로마와는 전혀 다른 풍경이었다. 좀 더 욕심을 내기로 했다. 피렌체에서 당일치기로 갈 수 있는 근교 도시를 다녀오자!

피렌체에서는 기차를 이용해 피사Pisa와 친퀘 테레Cinque Terre를 당일치기로 다녀올 수 있다. 피사는 익히 알려진 피사의 사탑이 있는 도시다. 친퀘 테레는 다섯 개의 해안 마을로 이루어진 유네스코 세계 문화유산이자 관광 명소다(친퀘 테레가 이탈리아어로 '다섯 개의 마을'이라는 뜻이다).

피렌체에서 두 도시를 하루만에 다녀오는 방법은 다음과 같다.

1. 오전 8시 50분에 피렌체 '산타 마리아 노벨라 역'에서 출발해 '피사 역'으로 향한다.
2. 버스를 타고 피사의 사탑을 보러 갔다가 다시 '피사 역'으로 돌아온다.
3. 기차를 타고 '라 스피지아 센트럴 역'으로 향한다. 그리고 친퀘 테레 마을을 여행한다.

이 방법으로 다녀온 결과, 여정을 모두 마친 시각은 오후 8시 5분이었다. 두 개의 도시를 다녀오는 거라 기차도 많이 타고 복잡해 보였지만 실제로는 하나하나 퀘스트를 깨는 재미가 있는 여정이었다. 다만 한 가지, 시작부터 찾아온 변수를 깨지 못했을 뿐.

피렌체 산타 마리아 노벨라 역에서 현장 예매한 피사행 티켓을 들고 기차를 잘 찾아 탔다. 처음에는 해외에서 기차만 타면 '이게 맞나?' 싶어서 탄 뒤에도 조마조마 불안했는데, 이제 태연하게 자리를 찾아 앉는 걸 보니 모든 것에 적응이 필요한 건 아니구나 싶어서 안심했다. 달리는 열차 밖 풍경을 보며 '여긴 또 다르네' 생각하고 있는 와중에 검표원이 타고 있는 열차 칸에 등장했다. 유럽은 참 검표를 열심히 하는구나. 예상했던 것처럼 예매한 티켓을 보여줬다. 그런데 검표원이 앞뒤를 휙— 두 번 뒤집어 보더니 뭐라 말하는 거다.

'저는 아무것도 몰라요'라는 순수한 표정으로 직원 얼굴을 바라보니 또 펜으로 티켓 끝을 가리켰다. 말 자체는 여전히 무슨 말인지 해석할 수 없었지만, 눈치껏 안다. 벌금을 내야 한다는 뜻이란 걸.

"저 티켓 구입했는데요?"

"그래도 어쩔 수 없어. 티켓을 구입해도 펀칭을 안 하면 무효야."

거의 영화 〈슈렉〉의 장화 신은 고양이처럼 눈물 막을 쓴 눈으로 직원을 쳐다봤지만, 세상 단호박은 그분이 다 드셨다. 복잡한 마음 으로 지갑에서 카드를 꺼냈고 그렇게 무려 60유로를 열차 안에서 지불했다. 결제된 카드를 돌려준 검표원이 떠나자 복잡해진 머리로

레푸블리카 광장 회전목마

과거를 되짚었다.

로마에서 피렌체로 이동했을 때도 펀칭을 했나? 했으니까 잘 왔겠지? 몰라… 으아아아아아악! 식비 아낀다고 매일 빵만 먹고 호스텔도 저렴한 곳만 찾아다니는데 지금 벌금으로 60유로를 낸 거야? 계획형 여행자가 이런 실수를 하다니. 굉장히 초보적인 실책이라며 피사 역에 도착할 때까지 속으로 절규했다. 돈 한 푼 한 푼에 유독 예민했던 때라 더 울상이었다. 벌금으로 나가는 돈이 세상에서 제일 아깝다는 걸 제대로 경험했다. 이래서 무언가를 잘못하면 돈을 걷는 거구나.

마음이 차분해졌을 때 다시 생각해본 결과, 이탈리아에서는 기차를 탈 때 꼭 펀칭까지 하고 타야 한다는 걸 사전에 알아보지 못했다. 사실 어렴풋이 어딘가에서 본 것 같은데 여행하면서 전혀 기억하지 못했다. 기차를 굉장히 많이 타는 나라인데 하필 놓쳐도 그런 걸 놓친다.

그 뒤로 기차를 탈 때마다 펀칭 기계에 집착했다. 때로는 찍고 반대편에 또 한 번 펀칭을 했을 정도다. 마음이 놓일 때까지 티켓에 찍었다. 로마에 가면 로마 법을 따라야 한다는데, 이 강렬한 변수 하나로 지금도 속담을 혼자 바꿔 쓰고 있다. 이탈리아에 가면 이탈리아 법을 따라야 한다고.

비스듬하지만 단단하게 서있는 피사의 사탑

덜거덕대며 찾아갔던 피사의 사탑은 좌절감도 잊게 하는 신기한 건축물이었다. 거인이 긴 원통형 장식품을 땅에 잘못 박아둔 것처럼 비스듬하게, 그러나 단단하게 세워져 있다. 사진으로 수십 번, 어쩌면 수백 번을 봤을 유명한 건축물임에도 처음 보는 것처럼 호기심이 차올랐다. 사진으로 봤을 때보다 더 굵게 느껴져 거대한 바위산처럼 느껴지기도 했다. 절대 부서지지 않을 것 같은 견고함에 입을 벌리고 멍때리듯이 바라봤다.

피사의 사탑 일대에서 쓰러져가는 탑을 두 손으로 받치는 듯한 제스처를 취하며 놀라거나 미소 짓는 전 세계 여행자들의 모습도 흥미로웠다. 모든 사람이 똑같은 포즈를 취하고 있으니 꼭 복사 붙여넣기의 결과물 같았다. 이렇게 모두가 탑을 받치려고 하면 피사의 사탑이 감동해서 스스로 정자세를 취할 수도 있겠는데?

사탑이 스스로 수평을 찾는 모습을 상상하다가 문득 불과 몇 분 전의 허망한 사건을 잊고 있다는 걸 자각했다. 여행하다 만난 좌절을 여행으로 이겨내고 있구나. 그래. 속상한 일은 딱 거기까지. 그리고 다시 시작. 생각대로 한 발짝씩 나아가면 언제 그랬냐는 듯이 눈과 머리를 반짝이게 하는 시간이 찾아온다. 그렇게 축 고개를 숙이며 중심축을 기울이고 있던 감정도 다시 기지개를 켜고 일어선다. 상상 속에서 피사의 사탑이 정자세로 자리를 고쳐 잡는 모습

친퀘 테레에서 가장 유명한 마을 마나롤라 전망

처럼.

그렇게 피사 그리고 다섯 개의 해안 마을이 모여 있는 친퀘 테레까지 당일치기로 잘 다녀왔다. 친퀘 테레는 또 어찌나 비현실적인지. 해안절벽 위를 채운 알록달록 건물들을 보고 있으면 하늘에서 누군가 페인트 통들을 왈칵 떨어뜨린 것 같다. 채도 높은 색깔들이 바다의 청명함과 잘 어울렸다. 그 사이를 걷는 건 무지개 위를 걷는 것과 다를 바가 없었다. 마음이 시원하게 탁 트였다. 바닥을 탁 치고 이전보다 더 높이 올라가는 탱탱볼처럼 당황했던 순간이 무색할 정도로 더 행복해졌다.

호기롭게 근교로 기차여행을 다녀오겠다고 다짐하면서 만난 벌금 사건은 시간이 지날수록 '아, 그때 진짜 뒤로 자빠지는 줄 알았잖아!' 손바닥으로 이마를 탁 치면서 푸헤헤 웃게 되는 특별한 추억이다. 지금까지 했던 모든 여행을 탈탈 쏟아 모두 들여다봐도 이렇게 유별난 도시 이동은 해본 적이 없다고 생각하니 그때 열차 안에서 제대로 값을 치른 것 같다. 게다가 교훈도 얻었으니까. 뜻대로 되지 않았어도 거기부터 다시. 고쳐 잡고 다시.

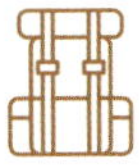

이탈리아 피렌체에서 당일치기로 다녀올 수 있는 친퀘 테레 다섯 개의 마을 소개

* **몬테로소 알 마레**Monterosso al Mare: 친퀘 테레에서 가장 큰 마을로, 해수욕장이 있는 휴양지로 유명합니다. 해수욕을 즐긴다면 친퀘 테레에서 가장 좋아하게 될 곳이에요.

* **베르나차**Vernazza: 중세 시대 풍경이 알록달록한 건물들과 어우러진 이색적인 마을입니다. 도리아 성Ruins of Doria Tower에 올라 전망을 바라볼 수 있어요(입장료 2유로). 역사가 눈에 보이는 풍경을 선호하는 분들께 특히 추천합니다.

* **코르닐리아**Corniglia: 친퀘 테레에서 유일하게 바닷가에 접해있지 않은 마을입니다. 다른 마을보다 관광객이 적어 마을 본 모습을 감상하기 좋은 마을이에요. 골목 투어를 하며 여유롭게 커피를 마시거나 친퀘 테레 와인 테이스팅을 즐기고 싶은 분들께 추천합니다.

* **마나롤라**Manarola: 친퀘 테레에서 가장 유명한 마을입니다. 마나롤라 전망대에서 보이는 구도가 친퀘 테레 대표 풍경으로 알려져 있습니다.

* **리오마조레**Riomaggiore: 해안 절벽에서 바라보는 일몰이 유명한 마을입니다.

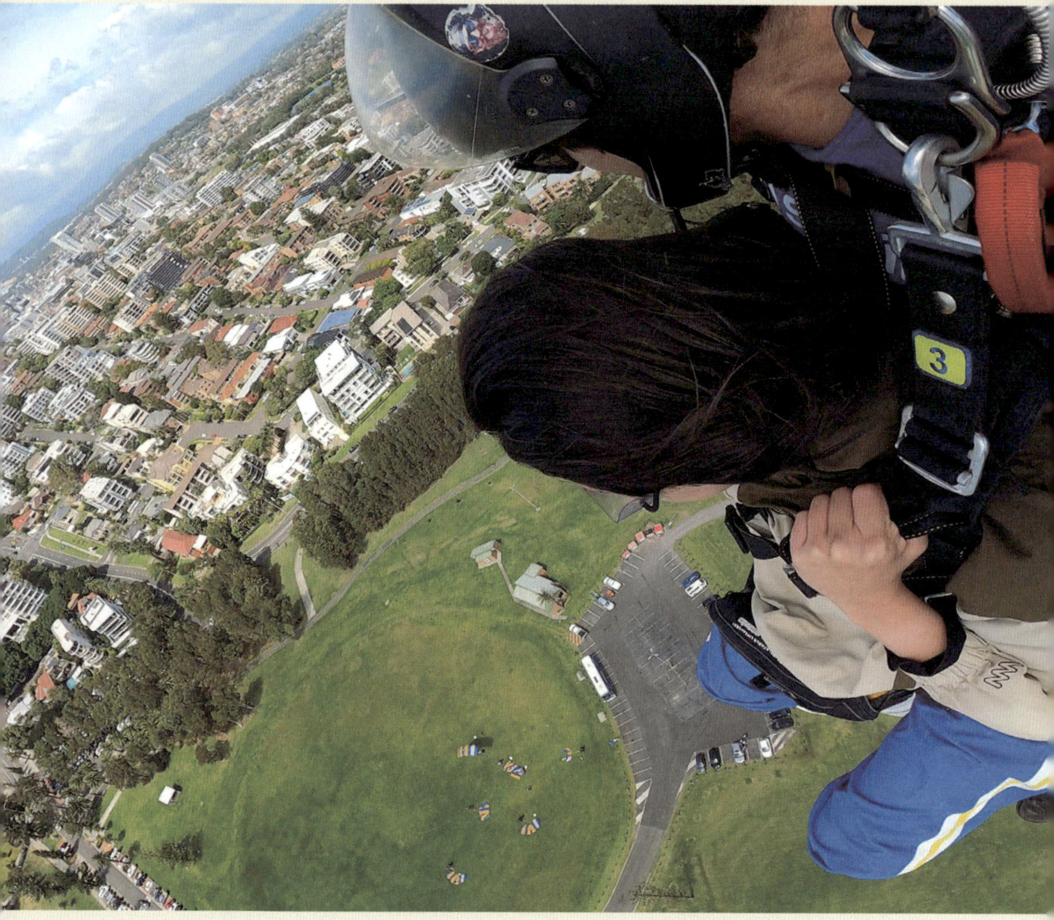

시드니 근교 울런공에서
버킷리스트였던 스카이다이빙을 했다.

세계여행의 시작은
구름 위에서 낙하

2023년 11월부터 시작한 한국으로 돌아오는 항공권 없이 떠나는 여행. 어느 나라와 도시들을 여행하고 한국으로 돌아올지 모른 채 출발한 세계여행의 첫 도시는 호주 시드니였다. 1년 내내 온난한 기후로 옷차림이 가벼운 도시, 크리스마스에도 반팔을 입는 도시를 목적지로 항공권을 예매했다.

시드니행을 최종적으로 확정하면서 또 하나 명확하게 계획한 것이 있었다. 세계여행 중 최우선 순위에 둘 버킷리스트 세 가지다.

1. 유럽 크리스마스 다시 한번 경험하기
2. 미술관과 갤러리 많이 다니기
3. 스카이다이빙 하기

세계여행은 기존의 단기 여행보다 자유도가 높다. 게다가 간절하게 바랐던 만큼 다 해보겠다는 욕심이 그득그득 커진다. 체감 물가가 비싼 나라에서는 마트 빵으로 끼니를 버티겠다고 다짐했을 정도로 예산이 적었음에도 불구하고 이것저것 하고 싶은 게 산더미처럼 불어난다.

그 과한 욕심을 '워워' 토닥일 강력한 중심축을 먼저 세계여행을 경험한 여행자들이 알려줬다. 예산도 지켜주고 세계여행을 더 특별한 추억으로 만들어줄 거라고. 그 말의 의미를 첫 도시였던 시드니 하늘에서 뛰어내리면서 제대로 실감했다.

본래 스카이다이빙은 유럽에 봄이 찾아오는 시점에 체코에서 할 계획이었다. 실제로 체코 스카이다이빙 가격이 다른 유럽 국가보다 저렴하다고 알려져 있어 많은 여행자들이 체코 하늘에서 뛰어내린다(사전에 준비한다면 49만 원대에 예약할 수 있다). 돈을 아끼는 여행을 몇 년이고 이어오고 있는 나 또한 체코에서 저렴한 가격에 예매할 생각이었다.

그런데 호주 시드니에도 스카이다이빙이 있는 거다. 정확히는 시드니 근교에 위치한 울런공Wollongong에 스카이다이빙이 있다. 오션 뷰로 최종 가격을 알아보니 35만 9,000원! 게다가 맑은 하늘이 자주 보이는 지역이라 날씨에 대한 변수가 적고 뛰어내릴 때 보이는 풍경이 경이롭다고 한다. 여기다! 계속해서 오르고 있는 유로 환율에 입을 삐죽이며 내년 봄을 기다릴 필요가 없어졌다(한국에서 스카이다이빙을 하러 해외를 간다고 가정해도 체코보다 호주 시드니가 가격 면에서 훨씬 유리하다. 체코 프라하 항공권은 비수기 기준 80만 원대, 호주 시드니는 50만 원대이기 때문. 물론 비행 시간도 시드니가 더 짧다). 그렇게 세계여행 첫 도시에서부터 버킷리스트 중 하나를 실행에 옮기기로 결심했다.

울런공 스카이다이빙 사무소 앞 풍경

울런공은 시드니에서 약 1시간 거리에 있는 근교 지역이다. 어감이 둥글둥글한 울런공은 호주 원주민어로 '바다의 소리'라는 뜻이다. 어디부터 어디까지라고 감히 규정할 수 없는 지구의 푸른 보석이 반짝이는 해안 마을이다. 스카이다이빙을 예약하고 바다를 향해 중력에 몸을 맡기는 순간을 자주 상상했는데 그때마다 기분이 바다의 몸짓처럼 일렁였다.

설렘 반, 드디어 도전한다는 후련함 반이 섞인 채로 찾아온 낙하 당일. 사람이 살기 가장 좋은 기후를 가진 나라인 호주는 동시에 스카이다이빙 하기 가장 좋은 나라이기도 하다. 날씨 이슈로 스카이다이빙이 연기되는 변수를 떠올렸던 게 무색할 정도로 본연의 색이 선명한 하늘이었다.

시드니 차이나타운에서 출발한 셔틀버스 창밖 풍경은 점점 더 자연이 큰 비중을 차지했다. 채도 높은 연두색 잔디밭이 풍경의 80%를 차지할 때쯤 울런공 스카이다이빙 사무실에 도착했다. 만일의 사고 위험성에 대한 안내와 서약서에 서명할 때도 사실 신나기만 했다. 나 꽤 용감한데? 의기양양한 기분으로 수트를 입고 낙하와 착륙 자세를 연습했다. 과거 패러글라이딩을 타면서 배운 착지 자세가 반가웠다(착지할 때 반드시 다리를 위로 올려야 한다. 서있는 것처럼 아래로 내리고 있으면 두 다리가 부러질 수 있다).

울런공 스카이다이빙 사무소 앞 해변 풍경

경비행기를 타기 전, 고프로 카메라 앞에서 심경을 인터뷰하는 시간이 있었다. 가이드로 함께하는 스카이다이버 빅시가 심경이 어떠냐고 물었는데 짧은 영어 실력 탓에 그저 걱정된다는 말만 반복했다. 무의미하고 멋쩍은 표현으로 채운 사전 인터뷰를 마치고 경비행기가 있는 비행장으로 향했다. 프로펠러가 형체를 명확하게 알아보기 힘들 정도로 빠르게 돌아가고 있었다. 노이즈 캔슬링 이어폰도 뚫고 들어올 것 같은 큰 소리가 뇌까지 파고들었다. 후련함 반이 긴장감 반으로 바뀌기 시작했다. 빅시의 말이 귀에 잘 안 들렸던 이유가 프로펠러 소리 때문만은 아니었던 것 같다.

'왜… 왜 이렇게 많이 올라가! 내가 지금 무슨 일을 벌이는 거야!'

시야가 담아내는 땅과 바다의 크기가 넓어질수록 허탈하게 웃을 수밖에 없었다. 빅시는 그런 내가 즐거워보였는지 고프로를 자꾸만 얼굴 앞으로 들이밀며 기분이 어떠냐고 물었다. 엄지를 치켜 올리며 말이다.

테마파크에는 상공 위로 천천히 올라갔다가 예고도 없이 붕- 하고 밑으로 떨어지는 놀이기구가 있다. 그 놀이기구가 문득 생각 났다. 정확히는 다 올라왔을 때가 가장 무서웠던 그 순간. 마음의 준비가 되는 때는 어차피 오지 않는단다. 그냥 뛰어내려. 가차없는 말을 내뱉는 것 같이 경비행기 문은 단번에 열렸다.

시드니 천문대공원에서 여유로운 시간을 보내는 사람들

그 이후에는 어떤 감정을 느낄 시간도 없이 빅시의 움직임에 떠밀려 두 다리를 헬기 밖으로 내놓았다. 사람이 너무 긴장하면 아무 말도 생각도 할 수 없다. 그 뒤로는 비명도 안 나오는 거대한 긴장과 함께 낙하!

낙하산이 펼쳐지기 전까지 약 20초는 자유낙하다. 아무런 기구 없이 몸을 상공에서 떨어뜨리는 기분은? 바이킹을 타고 위로 올라갔다가 아래로 내려갈 때 심장이 들리는 것 같은 간지러움이 느껴지는데 그 100배쯤 된다. 중력에 몸을 맡겨 떨어지고 있는데 생각은 반대다. 무중력이 느껴진다. 무섭다는 생각까지도 두둥실 떠 경계 없는 상공 위로 올라간다. 그렇게 비워지는 머릿속. 시야에 채워지는 호주의 바다는 마치 우주에서 찍은 지구의 바다 사진을 볼 때처럼 광활했다. 어느 땅에도 소속되지 않은 듯한 자유로운 지구 여행자가 된 순간이었다.

뛰어내릴 때 입도 다물고 표정을 최대한 사람답게 해야지 다짐했건만, 낙하 이후에는 생명력 없는 인형처럼 바람과 중력의 힘에 의해 제멋대로 구겨졌다. 소원을 이루는 멋진 순간이라기엔 겉모습이 일그러진 영웅이었지만, 착지하고 빅시에게 "내 목숨을 구해줘서 고마워!" 연신 말하며 하이파이브를 했을 때 방방 뛰는 모습은 당찬 지구 여행자였다. 촬영한 영상을 볼 때마다 어찌나 행복해 보

시드니 천문대공원 일몰

이는지.

　세계여행을 시작하자마자 목표 하나를 달성하며 느낀 자유로움은 앞으로 펼쳐질 경계도 마감일도 정해져 있지 않은 여정의 시작을 알리는 혼자만의 의식이었다.

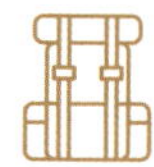

호주 울런공
스카이다이빙에 도전한다면!

* 울런공 스카이다이빙은 인기 액티비티로 사전 예약이 필수입니다. 사전에 주요 투어 플랫폼을 통해 예약하는 것이 비용도 더 저렴하고 할인 받을 수 있는 경로가 많습니다.

* 스카이다이빙은 날씨에 따라 당일 취소될 수 있습니다. 취소되더라도 다시 예약할 수 있게 여행 막바지보다는 초반으로 일정을 잡는 것을 추천합니다.

* 스카이다이빙 당일 복장은 편안한 바지와 따뜻한 상의 그리고 운동화를 권장합니다. 모자나 선글라스는 모두 착용할 수 없습니다.

* 스카이다이빙 가격은 비성수기에 따라 달라집니다. 오션뷰 기준 약 36~39만 원에 체험할 수 있습니다.

* 스카이다이빙 전 과정을 사진과 영상으로 촬영하는 추가 옵션을 선택할 수 있습니다(기존 비용 + $17). 흔치 않은 경험인 만큼 영상으로도 추억을 남겨 보세요.

신트라의 호카곶에서 바라본 풍경

유럽의 끝에서 느끼는
이 감정을 기억하자

너무 행복하면 코가 시큰거린다. 나이 앞자리 숫자가 3으로 바뀌면서 알게 된 사실이다. 신트라에 있는 유럽의 끝, 호카곶Cabo da Roca 여행에서 그 찡한 기분을 느꼈다. '살면서 이 순간은 잊지 말자!' 다짐했다.

포르투갈 리스본에 있는 동안 호카곶으로 당일치기 여행을 다녀왔다. 어쩐지 귀찮아서 리스본에 있는 내내 미루다가 마음먹고 드디어. 호카곶을 대중교통으로 가려면 무조건 카스카이스 역이나 신트라 역을 거쳐야 한다. 두 역에서 호카곶행 버스를 탈 수 있기 때문이다. 고민하다가 카스카이스 너로 택했다! 사진들을 보니 카스카이스의 해안가와 구시가지 풍경에 조금 더 호기심이 생겼다.

문제는 사전에 공부를 해도 기차를 타고 가서 버스로 환승하는 방법을 잘 모르겠다는 거다. 며칠 동안 검색하고 또 걱정했다. 결론은 허무하게도 직접 가봐야 알겠다는 거였지만.

숙소에서 해안가를 따라 약 15분을 걸어 카스카이스 역을 찾아갔다. "모르면 물어봐" 중얼거리면서 기차역 중앙에 있는 초록색 발권기 앞에 섰다. 지난 유럽 여행 중 기차표를 샀던 모든 기억을 총동원해 화면에 손을 댔다. 도착 역 카스카이스를 검색하고 인원 수 한 명…. 티켓이 나온 뒤에도 이게 맞는지 긴가민가했는데 개찰구를 통과하면서 정답이라는 걸 알 수 있었다. 오예! 걱정하는 것보다 부딮히는 게 더 빠른 해결 방법이라는 걸 여행하면서 반복적으로 학습한다.

기차는 약 40분을 달려 카스카이스 역에 도착했다. 버스터미널이 맞은편에 있다고 했는데 기차역을 빙- 한 바퀴 돌아봐도 보이지 않았다. 버스터미널이라면 어느 나라든 많은 버스들이 정차하기 때문에 눈에 띄는데 이상한 일이었다.

길을 건넜다가 다시 돌아왔다가 기차역 주변을 배회했다. 그러다가 발견한 지하로 내려가는 계단. 계단이 어디로 향하는지 보려고 허리를 숙이고 자세를 낮춰 멀리 봤다. 음? 버스? 버스다!

카스카이스 버스 터미널은 지하(반지하에 좀 더 가까운)에, 그것도 건물 안에 있었다. 조명도 거의 없어 그늘진 게 영락없는 지하 주차장처럼 보였는데 그게 버스 터미널이었다. 찾은 게 어디냐며 미션 하나를 완수한 기분으로 '휴!' 한숨 한번 내쉬고 호카곶으로 향하는 1624번 버스 정류장을 찾았다. 조금 쉬라는 뜻일까. 1624번 버스는 금방 왔고 버스비 2.6유로를 잔돈으로 깔끔하게 내고 자리에 앉았다. 버스는 약 42분을 달렸다.

내가 이렇게나 감동적인 풍경을 귀찮아서 미뤘단 말인가. 유럽 대륙의 끝이라는 의미는 유럽 사람뿐만 아니라 나에게도 큰 의미였다. 애니메이션 〈원피스〉 주인공 루피의 기분이 이랬을까? 자신

감과 뿌듯함이 파도처럼 밀려왔다. 지구를 뚜벅이다 결국 유럽의
끝자락까지 혼자 온 스스로가 대견했다. 선명한 수평선을 자랑하
는 어마어마한 넓이의 바다를 보고 있으니 코가 시큰거렸다. 태어
나서 본 바다 중 가장 끝이 없어 보였다. 다른 단어로 정의해야 할

것 같은 풍경이었다.

경계 없이 바라보고 싶어서 여행을 지속했다. 분명 여행은 시작부터 교통비 등 많은 비용이 들지만 그것 또한 투자의 영역이라 생각했다. 아이디어, 깨달음, 감정, 기회 등 여행은 언제나 다양한 형태로 돌려주니까. 그렇게 계속 받다 보니 유럽의 끝까지 왔다.

인생이 그렇듯 여행 중에도 순탄하고 행복한 감정만이 내 곁에 머무는 건 아니다. 그 감정들을 계속 마주하다가 포르투갈 리스본에 도착했다. 정신적인 피로는 태도가 된다. 귀찮아서 미뤘던 호카곶을 기어코 간 건 여행의 응원 중 하나였을까.

'여기서부터 땅이 끝나고 바다가 시작된다.' 호카곶 비석에 쓰여 있는 문장이다. 비석을 바라보면서 지금까지 어떤 작고 큰 고개를 넘어 여기까지 왔는지 추억이 된 여정들을 되감았다. 세계여행 경비를 모았던 5년 이상의 시간들. 서툴러서, 처음이라, 내성적이라 어렵고 때로는 피하고 싶었던 상황들. 그렇지만 행동력과 간절함 하나로 울먹이면서도 앞으로 나아갔던 기억. 덕분에 실제로 본 유럽의 끝. 살면서 이 순간을 잊지 않았으면 좋겠다. 여기까지 왔을 정도면 뭐든지 할 수 있는 나라는 걸 잊지 말자고 여러 번 다짐했다.

서있는 해안 절벽을 향해 몰려와 부서지는 파도에 시선을 떼지 못한 채 걷고 있는데 여행 온 외국인이 사진을 부탁했다. 혼자 여행

(상) 멀리 보이는 호카곶 비석
(하) 호카곶 비석에 쓰인 문장 "여기서부터 땅이 끝나고 바다가 시작된다."

하다 보면 흔히 사진 촬영을 부탁받는다. 흔쾌히 사진을 찍어드리고 휴대폰을 돌려드렸더니 "너도 찍어줄게! 여긴 사진을 안 찍을 수 없는 멋진 장소야"라는 대답이 돌아왔다. 손을 내밀어서 휴대폰을 꺼내 드렸다. 혹시나가 역시나. 개인 소장이 아니면 안 될 것 같은 상체와 하체 비율이다. 하체도 상체도 1. 동화 속 난쟁이가 된 '웃픈' 에피소드가 더해졌다.

호카곶에서 카스카이스로 돌아오는 길은 대관령 옛길처럼 구불구불한 지렁이 모양이었다. 덕분에 약한 멀미를 느꼈다. 벅찬 감동에 메스꺼움이 얹혔다. 그러나 멀미에도 배는 고픈 게 여행자다. 카스카이스 역 근처에 핫도그만 100종류를 파는 가게가 있다는 사실을 구글맵으로 접하고 바로 찾아갔다.

저렴한 가격에 미니 핫도그를 판매하는 곳인데, 저렴한 빵일 거라는 예상과 달리 따뜻하고 부드러웠다. 하나만 먹으려고 했는데 한 접시 더 주문했다. 가격도 1~2유로밖에 안 하는데 맛있기까지 하고 완벽하다! 핫도그를 먹는 사이에 멀미는 다 나았다.

심지어 핫도그를 주문하면 감자칩을 준다. 여기에 제로콜라까지 더하니 속이 시원해 그 핑계로 사이드 메뉴까지 살펴봤다. 사이드로 치즈볼이 있었다. 우리나라에서 파는 치즈볼과 비슷할지 궁금증을 안고 주문했다. 포르투갈은 치즈볼을 딸기잼과 함께 먹는

신트라의 바다를 안고 있는 듯한 해안 절벽

모양이다. 안에 치즈가 쭉- 늘어나는 치즈볼이 딸기잼과 함께 나왔
다. 치즈볼이 딸기잼과 어울린다는 사실을 그렇게 처음 알게 됐다.
리스본 시내에 없어서 다행이다. 숙소 근처에 있었으면 남은 날 동
안 핫도그랑 치즈볼만 먹다가 떠날 뻔했다.

　리스본으로 돌아온 뒤, 해안가를 따라 숙소를 향해 걸었다. 걷
던 와중에 하늘을 진하게 물들이는 일몰이 시작됐다. 해안 산책로
가 일몰 맛집이라는 걸 리스본 여행 7일 차에 처음 알았다. 오늘 처
음 알게 된 게 참 많네. 적당히 북적이는 리스본 해안 산책로와 잘
어울리는 하늘을 보며 생각했다.

호카곶과 함께 여행했던
카스카이스 역 일대 여행지들

* **히베이라 해변**Praia da Ribeira: 정박해 있는 요트들과 해수욕을 즐기는 사람들을 볼 수 있는 작은 해변. 사진 맛집으로 추천해요.

* **노사 센호라 다 루즈 요새**Fortress Nossa Senhora da Luz de Cascais: 카스카이스 해안을 넓게 내려다볼 수 있는 요새입니다.

* **지옥의 입**Boca do Inferno: 거센 파도가 입안으로 들어갔다 나오는 모습을 볼 수 있어요.

글에 언급한 100가지 핫도그를 판매하는 식당

* **100 Montaditos**: 맥주와 함께 다양한 재료로 만든 손바닥보다 작은 미니 핫도그들을 맛볼 수 있어요.

니스의
오빼하 쁠라쥬
해변의 일몰

이 도시의 바다로
커튼을 만들고 싶다

남프랑스는 역시 바다지. 남프랑스 대표 휴양도시 니스로 향했다. 니스에 도착해서 호스텔 체크인을 마치고 침대 옆에 캐리어를 둔 뒤, 도보 15분 거리에 있는 오뻬하 쁠라쥬 해변으로 걸어 갔다. 마침 해가 지고 있는 어스름한 시간대라 니스 바다의 색감을 감상하기 가장 적당한 시간대였다. 해안선을 따라 길게 이어진 앙그레이스 산책로가 시야에 들어왔을 때 알아차려야 했다. 그 풍경이 앞으로 펼쳐질 니스 여행의 예고편이라는 걸.

눈치 없는 여행자는 자기가 날씨 요정이라며 혼잣말이 많아졌다. 새의 깃털을 닮아 길쭉하게 뻗은 구름과 바게트 혹은 나비파이를 닮은 구름이 우주비행선처럼 유유히 떠있는 하늘이었다. 그 아래에는 호박빛 안개 같은 일몰의 여운이 둥둥 수평선 위를 유영하고 있었다. 해안가를 따라 있는 건물들에 주홍색 망토가 둘러졌다.

경량 패딩을 입고 있어서 따뜻하다고 느낀 건지, 니스에서의 첫 일몰에 대한 감상이 따뜻한 풍경이라 생각한 건지 내내 기분의 온도가 올라감을 느꼈다. 니스의 명물인 파란 의자에 앉아 레이저쇼를 방불케 하는 하늘의 변화를 감상했다. 일몰은 채도 높은 분홍색까지 보여주고 나서야 야경으로 넘어갔다. 가벼운 바람, 산책로 옆으로 지나가는 차들의 전조등, 건물로부터 나오는 불빛. 야경도 일몰에 뒤처지지 않는다고 생각하면서 일부러 크게 돌아서 숙소로 갔다.

다음 날 아침, 숙소 사장님께서 준비해주신 바게트와 사과, 요거트를 모조리 먹으며 전날에 저녁 안 먹은 티를 냈다. 만족스러운 기분으로 계단을 내려가, 호스텔 마당을 지나 연철 대문을 당겼다. 호스텔 건물이 드리운 그림자가 끝나는 지점이었다.

바닥 분수가 있는 작은 공원을 걷는데 생각해보니 어제 본 구름들이 모두 사라지고 없었다. 진짜 우주비행선처럼 없어졌다. 어떤 무늬도 없는 맑은색 하늘에서 윤이 났다. 햇살이 어떠한 방해도 없이 땅 위에 뿌려지는 날이었다. 약 20분을 걸어 캐슬힐 전망대로 향했다. 제주도 오름 정도의 오르막이었다. 들숨 날숨의 간격이 좁아질 때쯤 전망대에 도착했다.

곧이어 어제는 발견하지 못한 니스의 또 다른 조각을 발견했다. 지형을 따라 촘촘하게 건물들이 들어선 니스의 일부. 항구에는 흰색 요트들과 크루즈가 언젠가의 출항을 기다리고 있었다. 나도 언젠가는 저 거대한 여객선을 타고 여러 나라를 여행하게 되려나. 크루즈 여행이 생각보다 효율적이고 프로그램이 괜찮다며 추천받은 기억이 떠올랐다. 걷는 게 힘든 나이가 되면 타보게 되려나, 생각하면서 니스 현지인들의 공원이기도 한 전망대를 걸었다. 선인장들이 절벽에 삐죽삐죽 튀어나온 모습이 재미있었다. 따뜻한 나라의 언덕

오뻬하 쁠라쥬 해안가를 따라 있는 건물들에 주홍색 망토가 둘러졌다.

에는 선인장이 잔디처럼 자라는구나.

주걱 모양으로 자란 선인장 뒤로 티 없이 푸른 니스 바다가 보였다. 수평선이 없었으면 바다를 하늘로 착각할 수도 있을 것 같은 푸르름이었다. 니스 바다를 그대로 담아 커튼으로 만들고 싶었다. 그럼 내 방도 바다가 되지 않을까. 티 없이 청량한 바다. 내 마음도 매일 새로이, 티끌 없는 상태에서 다시 시작할 수 있지 않을까. 스스로에게 실망했어도, 피하고 싶을 만큼 두려워도, 쭈뼛쭈뼛 어색해도, 뜻대로 되지 않아 자신에게 화가 나도 다시 처음부터. 니스의 바다처럼 유연하고 깨끗한 마음을 가진 사람이 되고 싶다. 눈 앞에 보이는 바다를 갖고 싶은 욕심에 꼬리가 긴 가정문을 떠올렸다.

물과 친하지 않다고 줄곧 외치던 여행자답지 않게 니스에서는 매일 바다를 따라 걸었다. 바다와 함께하는 사람들의 여러 군상을 볼 수 있었기 때문이다. 바다를 보며 조깅하는 사람, 조형물 앞에서 인증샷을 남기는 사람, 함께 온 사람과 앉아 같은 추억을 만드는 사람, 신이 난 개와 함께 산책하는 사람. 모두 바다가 만든 모습들이었다. 그 길을 걷고 있는 나조차도.

다양한 방식으로 바다를 즐기는 사람들 중에서 걸음을 멈추게 한 모습이 하나 있었다. 바다색과 비슷한 계열의 남색 상의와 청바지를 입은 백발의 할아버지께서 풍경화를 그리고 계셨다. A4 용

니스 캐슬힐 전망대에서 바라본 전망

지 크기와 비슷해 보이는 작은 스케치북에 해안가를 촘촘하게 담고 계셨다. 구부정한 어깨로 현실과 그림을 번갈아 바라보며 진중하게 색을 선택하는 모습을 보면서 니스에서 예술의 영감을 얻었던 앙리 마티스 혹은 샤갈의 모습도 이러했을까 벅찬 마음을 느꼈다. 과거 그들이 니스의 빛과 색을 담았던 것처럼 할아버지께서도 당신만의 감각으로 흰 스케치북을 채우셨다. 풍경이 예술인 곳에서 만난 예술가. 이 얼마나 완벽한 장면인가. 할아버지께서 그림을 그리는 그 시간에 그 길을 걷고 있는 게 큰 행운이었다.

여행하는 삶을 살면서 바다에 이렇게까지 빠진 적이 있었던가. 앙리 마티스는 니스에 잠시 왔다가 해안 마을의 빛과 색에 반해서 정착했다. 니스를 여행하고 나서야 절로 고개가 끄덕여졌다. 사람은 날씨와 지역 고유의 색채만을 이유로 사는 곳을 옮길 수 있다.

물놀이를 선호하지 않고 수영도 할 줄 모르는 여행자도 반하게 하는 코트다쥐르의 진주. 방에 걸린 커튼이 열어둔 창에 의해 흔들릴 때마다 청명한 니스의 바다를 떠올린다.

예술 같은 풍경에서 만난 거리의 예술가

니스의 바다에서 강아지와 산책하는 할아버지

남프랑스 니스 여행을
알차게 만드는 여행지들

* **살레야 광장 시장**Marché Aux Fleurs: 꽃시장이자 벼룩시장. 오전에만 열리기 때문에 아침형 여행자에게 추천하는 여행지입니다(월요일은 휴무).

* **샤갈 박물관**Musée National Marc Chagall: 예술가 '샤갈'에 대한 애정이 있다면 특별한 추억이 될 작은 미술관입니다.

* **앙그레이스 거리**Prom. des Anglais: 니스를 대표하는 해안 산책로. 니스의 명물 '파란색 의자'들을 볼 수 있습니다.

* **장 메드쌍 거리**Av. Jean Médecin: 니스의 대표 쇼핑 거리. 주요 프랜차이즈 매장들이 있어 아이쇼핑을 즐기기에도 좋습니다.

올드 퀘벡 거리 풍경

낭만을 과식한 도시에서의
2박 3일

"낭만을 과식한 도시잖아!" 퀘벡 구시가지 거리를 걸으면서 내 뱉은 말 그대로다. 이렇게까지 낭만을 대놓고 표현한 도시는 처음이었다. 낭만의 사전적 의미 중 하나는 '현실보다 이상에 가까운 분위기'라고 한다. 여기에 여행자 시점의 동의어를 하나 덧붙이고 싶다. 그건 바로 퀘벡이다. 낭만이라는 단어를 눈에 보이는 도시 형태로 만들면 딱 캐나다 퀘벡일 거다.

드라마 〈도깨비〉에 등장했던 으리으리한 호텔 샤토 프로트낙이 있는 도시라고만 생각하고 갔던 뭘 모르는 여행자는 구시가지 메인 스트리트로 나오자마자 크게 감동할 수밖에 없었다. 각각 자유로운 모양으로 만들되 통일감을 준 가게 간판들. 톤 다운된 프랑스식 벽돌 건물. 유유히 바다로 향하는 세인트 로렌스 강은 환호성에 가까운 호들갑을 떨게 했다. 거리 곳곳에 있는 가로등과 건물 외벽에 달린 벽등의 빈티지한 디자인은 어느 영화 촬영지 속 자연스러운 조명이었다. 퀘벡 여행이 곧 영화 촬영인 셈이다.

일몰이 다가오면 레디- 액션! 하늘에 분홍빛 이불을 드리운다. 거리를 달리는 차들의 전조등은 눈이 녹은 아스팔트에 반사된다. 거리를 걷는 여행자들은 행복감에 젖어 이 순간을 사진으로 남긴다. 영화의 하이라이트는 그렇게 완성된다.

'캐나다는 가을'이라고 생각했던 것 또한 섣부른 정의였다. 실제

눈이 녹은 아스팔트에 반사된 퀘벡 도로 위 차들의 전조등

로 여행사에서는 가을 시즌이 되면 캐나다 여행 상품으로 기획전으로 만들 정도로 캐나다 하면 가을이라는 인식이 다분하다. '단풍국'이니 충분히 그럴 수 있고 실제로 캐나다의 가을은 환상적일 거라 생각한다. 다만, 겨울도 캐나다 여행에서 꽤 중요한 부분을 차지

퀘벡 세인트 로렌스 강변의 지붕이 알록달록한 건물들

한다고 말하고 싶다.

얼었던 세인트 로렌스 강이 녹으면서 잘게 조각난 하얀 얼음들이 강 위에 몸을 맡기고 있는 풍경은 알고 있던 리버 뷰의 틀을 깼다. 빙하를 보면 이렇게 신기할까? 가까이서 보고싶어 강가까지 우다다다– 축지법을 흉내내는 모양새로 빠르게 내려갔다. 그렇게 강 앞에 서서 하늘 위 구름처럼 느릿하게 흘러가는 얼음 조각들을 바라봤다. 퀘벡에서 또 다른 구름을 만났다.

퀘벡에 머문 시간은 고작 3일이라는 짧은 일정이었지만 운 좋게 함박눈이 내린 퀘벡의 풍경을 만날 수 있었다. 밤 사이 두께감이 눈에 들어올 정도로 많은 눈이 내렸다. 눈이 하얗게 내린 날 아침, 배틀필즈 공원에서 본 눈밭은 다른 행성 같았다. 극강의 흰색은 눈이 부시다는 걸 이곳에서 선명하게 배웠다.

지구상에서 가장 낭만적인 도시 한번 만들어보자고 굳게 작정하고 만든 도시가 아닌 이상 이런 결과물이 나올 수가 있나? 퀘벡은 이럴 거야, 생각하며 마음 속에 스케치했던 그림은 여행하면서 깨끗하게 지워졌다. 그 자리에는 새로운 그림이 그려졌다. 그 그림은 이전의 것보다 더 큰 애정이 듬뿍 담긴 그림이었다.

사실 캐나다도 퀘벡도 기대하지 않았다. 미국까지 온 김에 가까운 캐나다 한번 들여다보고 가자고 생각한 정도였다. 가벼운 마음으로 훑듯 여행할 계획이었던 퀘벡은 지금까지 가본 모든 도시 중 분위기에 대해 가장 자주 감동하며 여행했던 곳이다. 드라마에 등장한 몇몇 장소들은 퀘벡의 매력을 맛보기 스푼 크기로 보여준 거였다. 눈에 보이는 그리고 느껴지는 모든 것들이 낭만적인 홀리데이

밤 사이 눈이 내린 배틀필즈 공원

였고 로맨스 영화 촬영지였다.

크리스마스 용품점이 아니더라도 퀘벡 구시가지에서 어느 가게가 연초부터 캐럴을 재생한다? 그리 이상하지 않은 플레이리스트라고 확신한다. 그저 그 동네에 어울리는 배경음악을 틀었을 뿐이다. 퀘벡에 있는 동안 드라마 속 지나가는 행인 N번째 역할을 맡은 것 같은 기분이 내내 함께했다.

비도 맞았고 소복하게 쌓인 눈도 봤다. 청명한 하늘과 분홍빛 일몰, 차갑게 흐린 하늘 아래에도 있었다. 짧고 굵게 주요 날씨들을 경험한 결과, 퀘벡은 날씨 영향으로 매력이 떨어지는 도시가 아니다. 여행하다 보면 흐린 날에 아쉽거나 허탈할 때가 있다. 여행에는 맑은 날이 최상일 거라는 편향을 퀘벡에서 많이 벗겨냈다. 흐린 하늘에 다짜고짜 실망해서 도시의 매력도 흐린 눈으로 보지 말아야지. 퀘벡을 벗어나는 비행기 안에서 다짐했다.

퀘벡에서 하면
더 알찬 여행이 될 경험들

* 올드 퀘벡의 유명 팝콘 사 먹으면서 거리 걷기(가게명은 Mary's Popcorn Shop)

* 가게마다 다른 간판 디자인을 미술전 관람하듯이 보기

* 일몰 시간대에 세인트 로렌스 강변의 산책로 뒤프랭 테라스에서 하늘의 변화 감상하기

* 퀘벡의 명물, '푸틴Poutine'(감자튀김에 치즈 & 그레이비 소스를 부은 요리) 먹어보기

* 배틀필즈 공원에서 굿모닝 산책하기

2장

아는 세상이
많아진다는 건

COLD DRINKS
Sgt. DAVID GONZALES USMC
HOT DOGS
COLD DRINKS
COLD DRINKS
HOT DOGS
JOHN BARNETT USMC
COLD DRINKS
HOT DOGS
COFFEE
2 HOT DOGS $8
Fries $5
Corn Dog $6
Nachos $5
Corn Dog $6
Chicken Stick $8
WATER $1.0
NEW YORK
Knish $6
Knish $6
Chicken Stick $8
Corn Dog $6
Chicken Stick $8
2 HOT DOGS $8
Pretzel $5
NEW YORK
$1 WATER
Pretzel $5
Chicken GYRO $10
The Best Hot Dogs in New York
Pretzel $5
Chicken GYRO $12
HOT DOGS $8
Knish $6
5 Av
Museum Mile
ONE WAY
FLOURISH

뉴욕 타임스퀘어의
화려한 전광판

미술에
'입덕'하다

평소 미술에 대한 흥미는 취미로 즐겼던 전시 관람이 전부였다. 전시를 보는 게 즐거운 거지, 누군가에게 "미술에 관심있어요"라고 자신 있게 말할 수는 없었다. 뉴욕에 가기 전까지는.

뉴욕 대표 여행지 중에는 미술관 그리고 미술 작품을 소장하고 있는 박물관이 많다. 반 고흐, 모네, 피카소, 에드워드 호퍼 등 각종 매체를 통해 최소한 우연히라도 보게 되는 세계적인 예술가들의 작품이 대거 뉴욕에 모여 있다(뉴욕이 전 세계 미술 시장에서도 중요한 위치에 있다는 건 여행을 마치고 알게 된 사실이다).

때문에 미술에 대한 관심 정도와 상관없이 실제로 볼 수 있다는 것만으로도 뉴욕 여행 코스에 미술관과 박물관이 포함된다. 뉴욕을 처음 여행하는 나에게도 해당되는 사실이었다. 그게 내 인생에 특이점이 될 줄은 뉴욕 현대 미술관 건물에 들어갈 때까지도 예상하지 못했다.

아침부터 우산을 쓰지 않으면 머리가 다 젖을 만큼 비가 내리던 날, 개장 시간에 맞춰 미술관을 방문했다. '모마MoMA'라고 더 많이 불리는 미술관 앞에는 문이 열리기를 기다리는 관람객들이 줄을 이루고 있었다.

입장하자마자 곧장 4층으로! 한국인 여행자들 사이에서 흔히 공유되고 있는 팁. 중요한 작품들은 어디나 맨 위층에 있으니 곧장 맨 위층으로 가서 내려오는 방향으로 관람할 것. 나 역시 영락없는 한국인이기에 엘리베이터를 타고 4층으로 향했다. 그렇게 피카소 작품을 전시 초반부터 볼 수 있었다. 작품을 해석할 능력도 배경지식도 없는 건 지금 생각해보면 오히려 다행인 일이었다. 덕분에 무슨 의미일까 작품 앞에서 오랜 시간 그림의 구석구석을 유심히 봤다.

'방 안에 여자가 갇혀 있는 건가. 어떤 틀 안에 갇혀 고통받는 사람을 표현한 그림일까.' 전시를 관람하면서 작품 앞에서 그림을 스케치하는 사람들을 여럿 봤다. 그들과는 다른 방식이었지만 나 또한 작품을 재해석하는 시간을 보냈다. 나만의 그림 해설을 머릿속에 스케치했다. 미술에 관심있다는 말을 자신 있게 할 수 있게 된 순간은 그 사이에 탄생했다.

앙리 마티스의 〈댄스Dance〉를 보자마자 나지막히 감탄했다. 무의식으로 나온 '우아'. 사람들이 손을 잡고 둥글게 도는 모습을 유연한 선으로 그린 작품은 사진으로 봤던 것보다 훨씬 크기가 큰 작품이었다. 높이 약 259cm, 넓이 390cm. 작품을 전체적으로 보려면 전시실 중앙에 서야 했다. 그만큼 작품 안에 그려진 다섯 명의 춤추는 사람들의 키도 컸는데 그 거대한 생동감에 압도됐다. 그림이 마치 영상처럼 느껴졌다. 둥글게 도는 동안 취해지는 다리의 자세와

서로의 손을 잡는 팔의 모양이 아름다웠다. 그렇게 앙리 마티스의 〈댄스〉는 첫눈에 반한 최초의 작품이 됐다. 이후에도 에드워드 호퍼의 〈주유소Gas〉, 모네의 〈수련Water Lilies〉 등 감히 방 안에 두고 싶은 걸작들을 만났다.

또 다른 작품에 반할 준비를 하고 휘트니 미술관과 메트로폴리탄 뮤지엄에도 적극적으로 시간을 쏟았다. 뉴욕 여행을 마치고 집에 돌아와서는 작품을 찍은 사진들을 보며 몇 주간 그리워했다. 2024년 두 번째로 뉴욕을 찾을 때까지 작품들이 문득 떠오르는 순간이 잦았다. 달래는 방법은 관련 책을 찾아 읽는 것뿐. 그림에 이렇게까지 빠지게 될 줄이야. 책꽂이에 미술 관련 책을 꽂으며 만족감에 혼자 웃는 날도 있었다. 그렇게 입구는 있어도 출구는 없는 관심사가 생겼다.

2022년 첫 뉴욕 여행을 계기로 이후 국내외 미술전을 적극적으로 찾아 다녔다. 국내 주요 갤러리와 미술관 기획전을 관람했고, 세계적인 작품이 한국에 찾아오면 좋아하는 팝가수가 내한 공연을 온다는 소식을 접했을 때만큼 기뻐했다. 해외로 떠날 때면 그 지역의 미술관을 우선적으로 찾아봤다.

2023년 세계여행 목표 중 하나는 '미술관 갤러리 많이 가기'였다. 반 년 뒤 한국으로 돌아오니 미술관 기념품샵에서 산 엽서와 티

뉴욕 메트로폴리탄 뮤지엄 내부

뉴욕 구겐하임 미술관 내부

켓 두께가 제법 두툼했다. 2024년 두 번째 뉴욕에서는 뉴욕 현대
미술관과 메트로폴리탄 뮤지엄을 두 번씩 다녀왔다. 지난 여행 때
가지 못했던 구겐하임 미술관도 다녀와 미술 여행자로서 후련함을
느낄 수 있었다.

미술에 흥미가 생기면서 한 가지 확신하게 된 사실도 덩달아 생겼다. 아, 나는 정답이 없는 걸 좋아하는구나. 글, 사진, 음악, 그림, 인테리어, 건축, 창작의 과정에 들어가는 것들에 애정 어린 시선을 둔다. 머릿속에서 그려지는 무형의 존재들에게 형태를 불어넣은 모든 것들을 소중히 여긴다. 틀이 없고 정답이 없는 것을 볼 때면 가쁜 숨을 여러 차례 내쉬며 오른 끝에 도착한 산 정상 위에서 만나는 시원한 자유가 떠오른다. 목구멍 지름이 넓어져 한 번에 많은 자유가 몸 속으로 들어가는 기분. 마신 게 많아도 몸은 가벼움이 느껴지는. 어디든 최상의 컨디션으로 갈 수 있을 것 같고 무엇이든 할 수 있을 것 같은. 그렇게 더 나아갈 힘을 얻는다.

지금도 어디선가 창작의 고통을 이겨내고 있을 전 세계 수많은 창작자들에게 감사하다. 덕분에 오늘도 영감과 자유를 얻는다.

미술 '입덕'을 부르는
뉴욕의 미술관들

* **메트로폴리탄 미술관**The Met: 뉴욕 최대 규모의 미술관. 고대부터 현대까지 방대한 컬렉션을 갖고 있어 한 번에 다 보려면 하루도 부족한 곳입니다. 반 고흐 〈자화상〉이 있는 곳으로도 유명합니다. 투어사 도슨트 상품을 이용해 효율적으로 관람하는 걸 추천해요.

* **현대미술관**MoMA: 반 고흐 〈별이 빛나는 밤에〉와 피카소 〈아비뇽의 처녀들〉 등 세계적인 걸작을 다수 볼 수 있는 미술관입니다.

* **휘트니 미술관**Whitney Museum: 미국 현대미술에 특화된 미술관입니다. 신진 작가 발굴에 중점을 두고 있고 미국 미술 시장에서 유명한 '휘트니 비엔날레'가 2년마다 열리는 곳입니다. 에드워드 호퍼의 작품들을 볼 수 있는 곳으로도 알려져 있습니다.

* **구겐하임 미술관**Guggenheim Museum: 빙글빙글 팽이 모양을 한 미술관 외관이 유명합니다. 기획전을 중심으로 전시가 열리며 모더니즘과 추상 미술 중심의 작품이 전시되고 있습니다.

와디 럼
사막 투어 중에
촬영한 사진

경험주의자에겐
호캉스보다 '사막 바캉스'

사막이 분명 지구에 있다는 걸 알면서도 항상 다른 행성 같다고 생각했다. 풍경을 이루는 요소가 이렇게 단순하다니. 실제로 본 적이 없으니 영상이나 사진으로 계속 접해도 이 땅 위에 있음을 온전히 실감하지 못했다. 한번은 앞뒤 재지 말고 부딪혀야 했다. 직접 가서 봐야 아는 세상이 된다. 그렇게 첫 중동 여행을 추진했다. 목적지는 요르단이었다.

여행자들 사이에서 요르단은 '중동의 영국'이라 불린다. 중동 국가 중 (그나마) 여행자에게 신사적인 나라라는 의미다. 그 의미를 여행 전부터 들었지만, 그렇다고 해서 갈팡질팡하는 마음을 완전히 진정시키지는 못했다. 언론을 통해 본 일련의 사건들은 극히 일부라는 걸 알고 있어도 '혹시나'가 머릿속에서 떠나지 않았기 때문이다. 게다가 지도에서 요르단 위치를 찾아보면… 가끔은 모르는 게 약일 때도 있다.

요르단은 세계여행 마지막 나라였다. 처음 가보는 중동 국가가 마지막 세계여행지라니. 결연한 의지로 튀르키예에서 요르단으로 이동했다. 그 의지는 요르단에 도착하기도 전에 무색해졌지만. 튀르키예에서 요르단으로 오는 길에 공항에서 노트북을 잃어버린 거다! 세계여행 마지막 변수였다. 장기간의 여행 중 믿을 구석을 담당하고 있었던 노트북이 사라진 채로 요르단 수도인 암만 국제공항에 도착했다. 최후의 믿을 구석은 나사 하나가 자꾸 풀리는 허술한 조립식 가구 같은 머리, 그리고 휴대폰뿐이었다.

차근차근 하나씩 해나가자. 속으로 계속 주문을 외우면서 시내까지 갈 돈만 소액 환전을 하고 유심을 사고 암만 시내로 향하는 벤을 탔다. 혼자 나아가는 요르단 여행이 시작됐다.

요르단 여행 코스는 암만, 페트라, 와디 럼 세 도시였다. 그중 하이라이트는 와디 럼. 영화 〈듄〉의 촬영지이며, 전화도 문자도 인터넷도 사용이 불가능한 자연 그대로의 사막. 여행자는 반드시 투어 상품을 통해서만 들어갈 수 있는 보호구역이다. 국토의 70% 이상이 황무지라는 요르단의 특징을 체감할 수 있는 곳이기도 하다.

페트라에서 묵었던 숙소와 와디 럼 사막 투어 사무실을 통해서 사전에 와디 럼행 셔틀버스를 예약했다. 많은 여행자들이 페트라에서 와디 럼으로 이동하기 때문에 셔틀버스가 운행되고 있다. 셔틀버스는 오전 6시에서 6시 30분 사이에 예약자들을 픽업하고 와디 럼으로 향한다. 가는 길에 식당 두 곳에 들러 가벼운 아침식사까지 제공하니 이 얼마나 알찬 셔틀버스인지. 덕분에 갓 나온 빵과 팔라펠콩을 갈아 향신료와 섞어 튀긴 중동식 완자을 먹어봤다.

그때 먹은 팔라펠의 따뜻하고 포슬포슬한 식감은 며칠 굶었다가 먹은 음식의 맛처럼 강렬해 지금껏 잊지 못하고 있다. 페트라 물

가가 암만보다 2배 이상 비싸다고 해서 암만에서 미리 샀던 쿠키와 요르단으로 오는 비행기 안에서 받은 레몬 음료까지 배낭에서 꺼내 아침 식사를 든든하게 공짜로 해결했다. 여기에 사막에 대한 기대까지. 굿모닝이었다.

와디 럼은 보호구역이라 개인으로는 들어갈 수 없기 때문에 중간에 여권과 투어사 검문이 있다. 셔틀버스에서 잠시 내려 예약한 투어사 이름을 말했다. 직원이 투어사에 전화를 걸어 사실 여부를 체크하고 확인 도장을 찍은 흰색 티켓을 건넸다. 기다려주고 있는 셔틀버스에 다시 탑승하고 10여 분을 다시 달렸다. 그렇게 사막 투어 사무실에 도착했다.

사막에 대한 호기심을 제대로 풀어보고자 선택한 사막 투어는 1박 2일 지프Jeep 투어였다. 지프차를 타고 와디 럼 사막의 주요 명소를 여행하고 식사와 숙박까지 하는 사막 버전의 올-인클루시브 all-inclusive 패키지 상품이었다.

사무실에서 붉은 색의 따뜻한 차이티를 한 잔 마시고 차에 올라탔다. 짐 싣는 곳에 기다란 의자를 얹고 지붕까지 만들어 그럴싸하게 개조한 지프 차는 달릴 때마다 우당탕 와당탕 놀이기구가 따로 없었다. 벤치에 기둥을 만든 이유가 있었구나. 무언가를 잡지 않으면 살벌한 여정이 될 승차감이었다.

덜컹이는 차보다 더 정신 못 차리게 하는 건 바람을 타고 반대편에서 정면으로 날아오는 모래들이었다. 영화 속에서 모래 바람이 부는 사막을 보고 장관이라고 생각했는데, 그 속에 있는 사람들의 현실은 그다지 멋진 상황은 아니라는 걸 덜컹이는 차 위에서 깨달

(상) 사막에서 모래와 함께 먹은 피크닉 점심 (하) 모래와 함께 먹은 토마토 수프

았다. 심지어 투어 중간에 가진 피크닉 타임에도 모래를 소금 후추 삼아 함께 먹었다. 가이드님이 나름 바람이 덜 부는 곳을 찾아 돗자리를 폈는데도 바람을 아예 피할 수는 없었다.

그렇게 하루 사이에 얼마나 많은 모래를 뒤집어썼는지는 샤워를 못한 채 돌아온 한국에서 실감했다. 집에 오자마자 짐만 풀고 샤워를 했는데 귀와 머리에서 주홍색 모래가 나왔다. 욕실 바닥에 요르단산 모래들이 떨어졌다. 요르단에서 나도 모르게 모래를 기념품으로 가져온 셈이다.

물론 가이드님이 조리해준 현지식은 훌륭했다. 토마토와 오이를 곁들인 순백색의 치즈 반 모(두부처럼 생겨서 반 모라고 칭하고 싶다), 후무스, 토마토 베이스의 수프 모두 중동 음식이 퍽 잘 맞는 편이라며 고개를 끄덕이게 했다.

정말 거인들의 버섯처럼 생긴 머쉬룸 바위. 바위에 새겨져 있는 모습이 영화 〈미이라〉의 한 장면 같았던 고대 문자. 호주의 울룰루를 생각나게 하는 거대한 바위산. 황량할 것 같은 사막에서 볼 거리가 끝도 없이 쏟아졌다. '이제 끝인가?' 하면 새로운 곳으로 데려다주니 문득 70디나르 요르단의 화폐 단위인 투어 비용이 합리적이라는 결론이 섰다. 만족스럽게 사막도 오르고 바위 위도 올라가다가 투어 말미에는 결국 체력이 발라당 백기를 들었다. 이제 숙소로 가도 괜찮아요….

　　지친 몸이 충전된 순간은 이곳이 중간일지 감도 안 오는 사막 바위 언덕 위에서 본 일몰이었다. 요르단에서 일몰을 보다니 내 인생 정말 한 치 앞도 알 수 없구나. 사막 뒤로 지는 선명한 해의 모양은 감동을 넘어서 어안을 벙벙하게 했다. 지금 내가 무슨 경험을 하고 있는 거지?

　　이날의 기억을 모두 꺼내 훑었다. 아무리 발을 앞으로 내디뎌도 제자리걸음이었던 사막 언덕. 바람 때문에 모래를 먹는 건지 음식을 먹는 건지 헷갈렸던 돗자리 피크닉. 새벽에 일어나 셔틀 버스를 타고 온 와디 럼에서 만난 건 온통 여행을 시작한 이래 처음이었다. 이게 다른 행성이랑 다를 바가 있겠어. 지구 밖이라며 아득하게 생각했던 여행 전 감상은 여행 중에도 유효했다. 심지어 세계여행 마지막 나라. 긴 여정의 끝. 마지막 일몰. 결국 여기까지 왔구나. 기어코 해냈어. 눈 앞에서 붉은빛을 들이마시고 있는 해가 점점 더 소중해졌다.

　　일몰을 보고는 다시 차를 타고 숙소로 향했다. 몽골의 게르를 닮은 라운지와 화장실 그리고 각각의 방이 그럴싸했다. 사막 위에서 이 정도면 호텔일지도. 휴대폰 데이터 사용이 가능했다면 무조건 가족들에게 이 풍경을 찍어 보냈을 거다. '이것 봐! 실시간 요르

단 숙소!'

한 치 앞도 보이지 않는 사막의 저녁에서 유일하게 선명히 식별할 수 있었던 건 촘촘하게 떠있는 별이었다. 어두운 만큼 밝게 빛나는 별을 모두 카메라에 담고 싶은데 자연은 그리 호락호락하지 않았다. 몇 번 시도하다가 아쉬워하며 저녁 식사 장소인 라운지로 향했다.

저녁은 베두인중동 사막에 사는 유목민 전통 음식 조리 방법으로 만든 닭구이를 주축으로 한 뷔페식이었다. 한국에서 장독대를 땅에 묻듯이 사막 땅 속에 음식을 묻어 땅의 열기로 굽는 조리 방식인데, 땅 속에서 익혀진 채로 올라오는 닭고기가 놀라웠다. 사막의 지열은 고기도 익히는구나! 쌀밥과 닭 구이 맛이 해외 재료로 한식을 따라해본 것 같은 맛이어서 접시를 싹싹 비웠다. 벌써 한국에 도착한 줄 알았다.

더듬더듬 앞에 모래 밖에 없는 걸 알면서도 한 치 앞도 보이지 않아 보폭을 줄이면서 객실로 향했다. 무거웠지만 따뜻했던 이불을 끌어당기고 기절했다.

사막 투어는 끝까지 이색적인 순간으로 가득했다. 캄캄한 객실 문을 여는 순간, 파란 하늘과 사막이 등장하는데 꼭 다른 세상으로 이동한 것 같았다. 바로 휴대폰 카메라를 켜고 영상을 찍었다. 사막

의 아침은 맑고 깨끗하다. 이름 모를 동물의 발자국이 총총총 모래 위에 찍혀 있는 걸 발견하고 '신기해!' 호들갑을 떨면서 화장실로 향했다.

와디 럼 사막에서의 1박 2일이 경험주의자에게는 호캉스보다 더 큰 휴식이었다. 새로운 풍경을 계속 접하면서 채운 건 추억만이 아니다. 모래의 촉감, 사막 위 바위의 모양, 일몰의 색, 전통 음식의 향, 어둠 속 별의 밝기, 그 아래서 온몸으로 아는 세상을 넓히고 있는 나. 경험치가 늘었다고 생각할 때마다 가벼운 마음과 긍정적인 기분을 얻는다. 사막에서의 시간은 경험주의자에게 최적화된 휴식이었다.

황량한 사막과 고대 유적, 그리고 활기찬 도시의 매력을 동시에 지닌 요르단을 인생 첫 중동 여행지로 선택한 건 큰 행운이었다. 알지 못했던 세상에 서툴게 발을 내디디며 배운 마음들은 도전 앞에서 주저할 때마다 해야만 하는 이유가 되고 있다. 무섭고 걱정되는 상황을 만들기보다 설령 뜻대로 결론이 나지 않더라도 반드시 얻는 게 있다는 믿음. 그렇게 도전하는 경험주의자의 삶에 큰 지지대가 되고 있다.

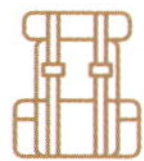

요르단 사막 투어의 성지
와디 럼 사막 투어를 즐기는 팁

* 요르단 사막 투어의 성지는 와디 럼 사막입니다. 와디 럼 사막은 개인적으로는 들어갈 수 없는 보호구역이라 무조건 가이드가 필요합니다.

* 투어사가 굉장히 많으니 가격과 프로그램 구성 등을 비교해 취향에 맞는 곳을 사전 예약하면 됩니다.

* 페트라에서 와디 럼행 셔틀버스가 오전 6시쯤 출발합니다. 투어 상품 예약할 때 말해두면 투어사에서 숙소 앞에 셔틀버스가 오도록 예약을 도와줍니다. 버스비는 10디나르. 당일에 버스 안에서 담당자에게 현금으로 지불합니다.

* 대부분의 투어사가 인원이 많을수록 투어 비용도 저렴해지는 구조입니다. 중동 여행 카페 등을 통해서 동행을 구해 함께 예약하는 것도 비용을 절약하는 방법입니다.

* 큰 스카프 혹은 마스크와 선글라스를 가져가면 모래로부터 피부를 보호할 수 있습니다.

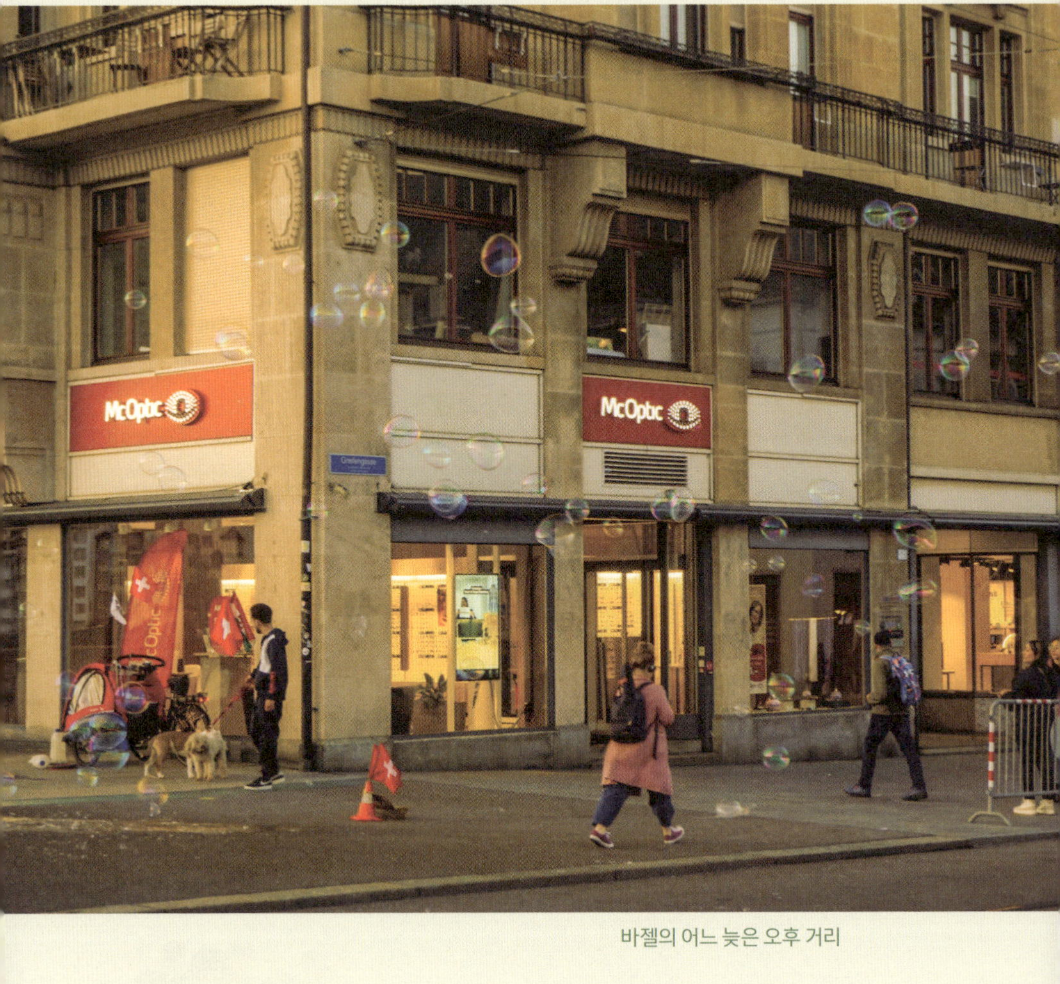

바젤의 어느 늦은 오후 거리

스위스는
설산 그 이상의 나라

스위스 인터라켄에서 프랑스 니스로 넘어가는 방법을 결정하기까진 3일 이상이 걸렸다. 은근히 골머리를 앓는 구간이었다. 유럽은 국가간 철도 인프라가 뛰어나 인터라켄에서 니스로 넘어갈 수 있는 기차가 있을 줄 알았다. 그러나 이렇게 간단하면 여행이 아니지. 인터라켄에 프랑스 남부로 넘어가려면 공항이 있는 도시로 이동해서 비행기를 타는 것이 가격과 시간을 모두 고려할 때 최선이었다. '스위스 어느 도시에서 비행기를 타는 것이 제일 저렴하려나…' 처음에는 취리히였다가 그 다음은 제네바였다가 바젤이 최종 도시로 확정됐다.

초안은 스위스 여행 마지막 날, 인터라켄에서 기차를 타고 바젤 SSB 역으로 이동한 뒤, 바로 바젤 공항으로 가는 거였다. 그런데 아무리 머릿속에 그려봐도 하루 만에 바젤 공항까지 이동하는 건 무리였다. 새벽에 일어나서 이동하는 게 영 개운치 않았다. 누가 쫓아오는 것도 아닌데 급하게 여행하지 말자. 그렇게 바젤에서 1박을 하기로 했다. 그게 스위스 여행 말미에 찾아온 거대한 한 수였다.

미술에 조금만 관심 있어도 듣게 될 정도로 미술 산업에서 중요도가 높은 아트 페어 '아트 바젤Art Basel'은 세계에서 가장 큰 아트 페어다. 스위스 바젤에서 매년 6월에 아트 바젤이 개최된다. 세계여행 중 이뤄내고 싶은 가장 우선순위 목표 세 가지 안에 '미술관·갤

러리 많이 가기'가 있는 여행자가 바젤을 가게 됐다? 이런 행운은
또 없는 거다.

바젤에는 쿤스트 뮤지엄, 바이엘러 파운데이션 등 많은 근현대
미술관과 가고시안 등 유명 갤러리가 곳곳에 있다. 바젤에 머무는
짧은 시간 동안 어디를 다녀올까 고민한 끝에 바이엘러 파운데이
션 방향으로 트램을 탔다. 바이엘러 파운데이션은 바이엘러 가문
이 사들인 여러 컬렉션을 특별전과 함께 선보이고 있는 사립 미술
관이다. 몇 층짜리 거대한 규모의 미술관은 아니지만, 연못과 잔디
사이로 작은 산책길이 있고 미술관의 일부 면은 통창으로 되어 있
어 연못이 있는 마당 풍경을 미술관 안으로 들이는 동화 같은 미술
관이다.

그 안에는 모네, 세잔, 피카소 등 세계적인 작품들이 걸려있다.
특히 미술관의 연못이 보이는 공간에 모네의 〈수련〉 연작 중 두 작
품을 둔 배치는 실로 놀랍다. 수련을 보고 밖으로 나와 미술관 앞
연못을 보는데 또 하나의 작품을 보는 것 같은 기분이 들었다. 미술
관의 공간 기획이란 이런 거구나! 모네 작품을 무광의 엽서로 구현
한 기념품 앞에서 가격 때문에 고민하다가 안 사면 후회할 것 같아
한 장 구입했다.

미술관에 갈 때는 흐린 하늘이었는데 전시를 다 보고 나오니 하

바젤 바이엘러 파운데이션 외관

늘이 짜잔~ 보란듯이 깨끗하게 갠 모습을 볼 수 있었다. 날개를 펼친 듯 넓고 강렬한 햇살을 맞으니 한층 더 행복해졌다. 광합성을 하자. 숙소 근처 시내로 다시 돌아갈 때는 일부러 걸었다. 지도 앱으로 방향만 기억해두고 주변 풍경을 보고 또 카메라에 담으며 여유롭게 걸었다.

걸으면서 도시에 대해 알게 된 사실은 세계적인 아트 페어가 열리는 도시답게 미술 친화적인 모습들을 여러 번 볼 수 있었다. 바이엘러 파운데이션에서 진행 중인 개인전 포스터가 애플 신제품 광고만큼 큰 현수막으로 건물 곳곳에 걸려 있었다. 이렇게 미술전 광고가 주된 도시는 처음이었다.

공원 곳곳에는 설치 미술 작품들이 있었다. 큼직한 조형물들이 걷는 동안 숱하게 등장했다. 작품들에 시선을 두며 생각했다. 여기 사는 사람들은 모두 미술을 굉장히 가까운 무언가로 생각하고 있겠구나. 일상이라는 삶의 마디 마디에 작품들이 존재하는 바젤. 그곳에 사는 현지인들이 미술을 대하는 태도가 궁금해졌다. 그리고 이내 부러웠다.

바젤에서의 시간이 빠른 속도로 흘렀다. 베트슈타인 다리 옆 계단에 앉아 보랏빛으로 물들어 가는 일몰을 보며 아쉬워했다. 항공권을 구입하지 않았다면, 남은 예산이 조금 더 여유 있었다면 며칠 더 머물렀을 거다. 스위스 물가도, 인터라켄에서 남프랑스로 바로 가는 기차가 없다는 사실도 당황스러웠다. 그 당황스러운 상황들이 이렇게 완벽한 하루를 만나게 하기 위한 거라고 생각하니 감사한 마음이 들었다.

바이엘러 파운데이션 연못

바젤 베트슈타인 다리 옆 계단에서 바라본 일몰 풍경

보랏빛이 진해진 저녁의 바젤 거리

때때로 변수는 선물이 된다. 앞두고 있을 때는 이마에 주름을 만들면서 하… 깊은 한숨을 내쉬지만, 막상 그 일의 한가운데 있거나 지나고 보면 그리 부정적인 상황이 아닐 수 있다. 그러니 살면서 뜻대로 안 되는 일이 생겨도 끝난 것처럼 생각하지 말자. 두려워도 말자. 억지로 만들려고 해도 만들 수 없는 바젤과 같은 기회일 수도 있다. 그 순간에 서있기 전에 섣불리 답을 내리지 말자. 보랏빛이 진해져 저녁의 시간으로 들어선 강의 풍경을 보면서 다짐했다. 건물 안에서 새어 나오는 노란 빛들의 채도가 진해졌다. 건물들도 예술 작품이 되는 시간이었다.

스위스 바젤
주요 여행지 추천

* **바젤 대성당**Basler Münster: 바젤을 대표하는 역사 건축물로 손꼽히는 성당입니다.

* **쿤스트 뮤지엄**Kunstmuseum: 스위스에서 가장 오래된 공립 미술관. 피카소, 반 고흐, 브뤼겔 등 세계적인 예술가들의 작품을 볼 수 있어요.

* **데 베테 공원**De-Wette Park: 바젤의 유명한 신학자 요한 데 베테Johann De Wette의 이름으로 조성된 풍경 맛집 공원입니다. 바젤역 앞에 있음에도 조용하고 주변 건물들이 아름답습니다.

* **베트슈타인 다리**Wettsteinbrücke: 일몰이 아름다운 다리입니다.

세계적인 미술 박람회 스위스 '아트 바젤'

* 스위스 바젤에서 매년 6월에 펼쳐지는 글로벌 아트 마켓입니다.

* 뉴욕, 런던, 파리, 서울 등 30개국 이상에서 200여 개 이상의 갤러리가 참가합니다.

* 현대미술 시장의 흐름과 트렌드를 경험할 수 있는 박람회입니다.

* 박람회 기간 중 일반인이 관람할 수 있는 기간은 별도로 지정되어 있습니다 (티켓 구입 시에만 입장 가능).

* 티켓 구입 및 관람 정보는 아트 바젤 홈페이지(https://www.artbasel.com)에서 모두 확인할 수 있습니다.

겐트의
성 니콜라스 성당

더 이상
와플을 외치지 않는 이유

벨기에 여행의 시작은 와플이었다. 메이플 시럽으로 코팅한 와플은 한국에서 곧잘 적응을 해 익숙한 빵으로 자리 잡더니 '크로플'이라는 이름으로 크루아상과 만나 폭발적인 유행을 만들었다. 크루아상과 와플의 조합이라니. 안 먹어봐도 무조건 맛있을 수밖에 없는 그 빵은 국내 베이커리의 인기 품목으로 자리 잡았다. 크로플만 파는 가게들도 등장할 정도로 크로플은 '빵수니'들에게 도파민 그 자체였다. 그중 한 명인 내 지갑 역시 쉽게 열렸다. 크로플에 빠진 와중에 세계여행을 떠났고 프랑스에서 결심하기에 이른다. 바로 옆 벨기에로 넘어가기로.

벨기에는 인근 유럽 국가에 비해 다녀온 사람이 많지 않은 나라다. 가봤더라도 프랑스 파리에서 당일치기로 브뤼셀을 몇 시간 찍고 오는 정도? 주변에 존재감이 막강한 독일, 프랑스, 영국이 있어 소외된 것일까. 와플 하면 바로 떠오르는 누구나 아는 그 나라는 한국인에게 좀처럼 여행지로서 인기를 얻지 못하고 있다.

그래서 더 궁금했다. 진짜 벨기에 와플을 먹으면서 아는 게 없는 나라를 알아가는 시간. 호기심과 달콤함의 만남이 유의미할 것 같아 프랑스 파리에서 벨기에의 수도인 브뤼셀행 버스를 탔다.

"세계에서 가장 아름다운 광장"은 《노트르담 드 파리》《레 미제라블》을 쓴 프랑스 소설가 빅토르 위고Vitor Hugo가 브뤼셀의 그랑플라스 광장을 두고 한 말이다.

벨기에 수도 브뤼셀의 대표 광장인 그랑플라스 광장에 처음 들어설 때는 궁 안에 들어온 기분이 들었다. 정교한 기둥 하나 장식 하나를 점묘화처럼 잘게 붙여 하나의 우아한 궁전을 완성했다. 사각형의 광장을 둘러싸고 있는 건물에서는 통일감이 느껴졌다. 외관은 분명 각기 다르나 잘 어우러진 완벽에 가까운 조합이었다. 걸어올 때 본 건물들의 외관, 그리고 거리와는 전혀 다른 반전의 광장. 극적인 건축미에 광장 중앙에서 빙글 몸을 돌며 연신 감탄했다.

그랑플라스 광장에서 가장 돋보이는 건물은 브뤼셀 시청이다. 15세기에 건설된 뾰족뾰족 고딕 양식의 건물은 배경지식이 없었어도 이 광장에서 가장 중요하다는 건 충분히 예상할 수 있다. 유럽 내에서 볼 수 있는 대성당들을 볼 때의 감정과 흡사한 경이로움이 느껴지는 디테일이 돋보이는 정면의 외관. 전체적으로 무채색을 사용하고 반짝이는 금색으로 정교하게 장식한 시청을 보면서 꼭 알록달록해야만 화려한 것은 아니라는 걸 배웠다.

연말에는 크리스마스 마켓, 8월에는 플라워 카펫 축제, 평소에는 관광객들의 포토존이 되는 그랑플라스 광장은 벨기에 역사의 무대 하나를 도맡고 있다. 그리고 그 역사의 가치를 인정받아 유네스코 세계문화유산으로 등재되어 브뤼셀의 랜드마크를 담당하고

있다.

나만의 브뤼셀 랜드마크를 정한다면? 결과는 브뤼셀에 있는 동안 금방 나왔다. 바로 르네 마그리트 René Magritte 미술관. 르네 마그리트는 크라운 모양이 둥근 보울러 모자를 그림 소재로 자주 사용

했다. 작가 본인의 애착 모자이기도 했는지 보울러 모자를 쓴 예술가의 사진을 흔히 볼 수 있다.

르네 마그리트는 벨기에 출신이다. 광고회사 직원으로 출퇴근을 하던 평범한 회사원이 우연히 이탈리아 화가의 작품집을 보고 운명적으로 그림의 길에 들어선다는 드라마틱한 작가의 이야기는 상상한 적 없는 곳으로 인생이 흘러갈 수 있다는 걸 느끼게 한다. 한국에 있는 동안 벨기에 여행은 단 한 번도 생각한 적 없었는데 브뤼셀행 버스를 탄 것처럼. 와플만 알았던 여행자가 미술관에서 엽서를 구입했을 만큼 오래 기억하고 싶은 작품을 만난 것처럼. 입문에 가까운 얕은 감각으로 초현실주의 작가의 작품 의도를 맞추는 건 무리였다. 내 경험과 감정들을 대입해 나만의 해석을 만들면서 감상했다.

그러다 한 그림을 발견했다. 그림 제목은 〈아른하임의 영지Le Domaine d'Arnheim〉. 나뭇가지로 만든 새 둥지가 있다. 둥지 위에는 흰색 알이 놓여있다. 둥지 뒤로는 거대한 산이 있다. 산의 모양은 독수리가 날개를 활짝 펼치고 있는 모습을 닮았다. 훗날 작품 해설을 찾아보니 자연의 위대함을 표현하면서 인간과 자연의 관계에 대해 질문을 던지는 작품이었다.

다만, 내가 반한 이유는 다소 다른 방향이었는데 장기간의 해외

여행을 지속하고 있었던 내 모습을 보는 것 같았기 때문이다. 작품 앞에 서있는 동안 코가 시큰거렸다. 거대한 독수리에 잡아 먹힐 것 같은 둥지 위 알은 호락호락하지 않은 세상 앞에 선 연약한 여행자였다. 이십 대 중반에 설정한 거대한 목표였던 세계여행을 실행에 옮기면서 가장 강렬하게 체감한 것이 있다. 세상은 넓고 방법은 다양하고 나는 생각보다 부족하고 뭘 몰랐지만 동시에 가능성도 많은 사람이라는 점이다.

오롯이 혼자였기에 특정 상황에 내가 어떻게 대처하는지, 선택의 갈림길에서 무엇을 기준으로 선택하는지, 뭘 힘들어하고 어떤 이유로 좋아하는지, 사소하게는 왜 내가 그 음식을 좋아했는지까지 깊이 생각하고 답을, 정의를 다시 내리는 시간이었다. 나에 대해 알아가는 과정은 때때로 서글펐다. '왜 그랬지' 자책하기도, 마음이 급해지기도, 혼자 선택하기 어렵기도 했다. 자신있게 할 수 있는 게 없다는 생각이 들 때는 수치심을 느끼기도 했다.

그림은 어떤 상황을 맞닥뜨려 깨질지 모를 얇은 껍데기의 알로 읽히기도 하지만, 높은 산을 마주하며 오르려는 것처럼 보이기도 했다. 호락호락하지 않은 산이지만 올라가보겠다는 도전. 그렇게 보인 이유 역시 앞으로의 여정도 어떻게든 잘 해보겠다는 의지가 있었기 때문이다. 실제로 여행하면서 심리적으로 체력적으로 힘들어도 다음 도시를 가기 위한 교통편을 알아보고 예약했다. 끝까지 해보겠다는 심지가 언제나 살아있었다. 전시를 보면서 그 작품을 꼭 엽서로 소장하고 싶다고 생각했다. 운이 좋게도 수많은 엽서 중 작품이 있었고 흔쾌히 결제했다.

세계여행을 설명할 수 있는 작품까지 만났으니 벨기에에 대한 관심은 최대치에 다다랐다. 브뤼셀 밖의 다른 도시도 보고 싶었다. 브뤼셀 역에서 기차를 타고 간 곳은 브뤼헤와 겐트였다.

브뤼헤는 블록으로 만든 운하 도시였다. 계단 모양으로 생긴 테두리가 재치 있었다. 운하를 따라 늘어선 고딕 양식의 건물들, 자갈길을 따라 구불구불 이어지는 골목들, 그리고 그 위로 높이 솟은 벨프리 종탑은 '이걸 어떻게 만든 거지?' 신기하게 바라봤던 블록 작품을 보는 것 같았다. 걷다 보면 먼저 찾지 않아도 자연스레 보게 되는 운하 위로 납작한 보트가 지나갔다. 그 보트조차 장난감 중 하나로 보였다. 귀엽잖아!

브뤼헤의 골목길을 걷는 동안 낯선 세상을 탐험하는 동화 이야기 속에 들어온 것 같은 기분에 휘감겼다. 좁고 아늑한 골목마다 작은 카페와 기념품 가게들이 동화 속 과자집처럼 숨어 있었다. 여러 가게 중에서도 특히 눈길을 끄는 건 와플 가게들. 벨기에 전통 와플 가게들이 달콤한 향으로 사람들을 초대하고 있었다. 벨기에

브뤼헤 흐로터 마그르트 광장

의 자부심이라고 할 수 있는 와플 모양이 브뤼헤와 퍽 잘 어울렸다.

그러고 보니… 와플마저 블록을 조립해서 완성한 것처럼 조각조각

무늬네?

브뤼헤의 생동감 넘치는 색채와는 다르게, 겐트의 건물들은 채

도가 연했다. 도시 전체가 잔잔한 색의 아름다움으로 덮여 있었다. 마치 부드러운 연필로 스케치한 풍경화 속을 거니는 느낌. 겐트의 거리를 따라 단정하게 줄지어진 건물들은 오래된 책의 삽화였다. 어느 것 하나 색깔이 강해 보이는 게 없었다. 힘을 주지 않은 채로 연필을 잡고 슥슥- 그어 그린 그림처럼 부드럽고 연했다. 그 앞을 지나는 사람들의 인상도 풍경만큼 평온했다. 여기에 잔잔한 운하까지. 한 폭의 연필화는 그렇게 고유의 정체성을 가지고 완성되어 있었다.

여행자 입장에서 겐트의 랜드마크는 성 바보 대성당이었다. 대성당답게 거대하고 우직한 멋을 자랑하는 성 바보 대성당은 연필화의 결정체였다. 명확한 색을 넣지 않아도 음영만으로 웅장한 입체감을 살린 걸작. 가장 색깔이 빠진 건물 같은데 도시 안에서 가장 돋보였다. 성당 내부에는 얀 반 에이크Jan van Eyck의 걸작인 제단화가 자리하고 있었다. 천상의 빛을 담은 듯한 섬세한 색채와 디테일로 제단화는 플랑드르 회화 중 불후의 명작이라 불린다.

벨기에의 와플은 당연히 천상의 맛이었고 실제로 여행 내내 먹었지만, 여행을 다 마친 지금 벨기에를 되돌아보면 와플보다 다른 것들이 먼저 떠오른다. 벨기에는 건물의 외관으로, 작품으로 울림과 영감을 주는 나라였다. 와플을 먹으며 걷지 않더라도 가볼 만한

겐트의 성 바보 대성당 (사진 출처: © Moody 75 / CC BY-SA 2.0)

연필로 스케치한 풍경화 같은 겐트 그라슬레이 거리

곳. 벨기에를 이곳저곳에 추천해야 하는 이유를 얻고 영국으로 이
동했다. 와플은 시작에 불과했던 나라에 정을 많이 붙인 채로.

벨기에에서 가장 아름다운 도시를 다투는
브뤼헤와 겐트 주요 여행지

브뤼헤

* **흐로터 마그르트 광장**Grote Markt: 브뤼허의 메인 광장. 알록달록 건물들의 외관이 이색적인 곳입니다.

* **케테 볼프하르트**Käthe Wohlfahrt: 365일 크리스마스 용품을 판매하는 가게입니다.

* **성모 마리아 교회**Church of Our Lady: 미켈란젤로의 작품을 볼 수 있는 교회입니다. 작품 관람은 유료, 교회 내부만 본다면 무료로 입장할 수 있습니다.

겐트

* **성 미카엘 다리**Saint Michael's Bridge: 겐트의 일몰 명소로, 고풍스러운 도시 풍경을 눈에 담기 좋은 장소입니다.

* **성 니콜라스 성당**Saint Nicholas' Church: 성 미카엘 다리 위에서 볼 수 있는 고딕 양식의 성당입니다.

* **그라슬레이**Graslei: 강가를 따라 있는 건물들이 아름다운 중심가입니다.

옥스포드 서커스 역
사거리에서 우연히 본
행진 퍼레이드

시간이
축적된 도시의 멋

"뭐 이렇게 다 멋있냐." 버스도 건물도 사람도 들려오는 발음도 '멋스럽다'의 예시였다. 〈해리포터〉와 〈셜록〉에 대한 유독 깊은 애정을 갖고 자랐다. 컨셉이 뾰족한 장르를 좋아해 자연스레 영국에 대한 낭만 또한 갖게 됐다. 그 낭만이 눈앞에! 펼쳐진 모든 길과 건물 양식이 모니터로 봤던 그곳이었다. 설레서 상기된 기분과 심장을 애써 눌러 숨기려고 했지만, 혼잣말 때문에 다 탄로 났을 거다. 런던의 프랜차이즈 장난감 판매점인 햄리스에서 방방 뛰며 좋아하는 어린이들과 다를 바가 없었다. 영국을 왜 이제 온 거지? 눈에 하트가 붙는 이모티콘이 실제로 가능한 표정이었다는 걸 실감했다.

도시의 모든 것이 영국 드라마이자 영화였다. 비가 오면 검은색 정장을 입은 영국인이 검은색 택시에서 내리며 검은색 장우산을 펼칠 것 같았다. 흐린 날씨로 채도가 한껏 떨어진 건물들의 색깔은 검은색의 모서리 둥근 택시들과 결이 잘 맞았다. 모양이 통일된 런던의 택시들은 유난히 복사와 붙여넣기를 반복한 듯했다. 그리스 신전처럼 스트라이프 무늬를 낸 기둥과 창문 주위에 만든 정갈한 조각 문양들이 붙은 건물들은 사각형이 아니면 안 되는 것처럼 다닥다닥 정리되어 있었다.

맑게 갠 날 번화가를 걸을 때면 청바지 입은 현지인들의 모습이 멋스럽게 느껴졌다. 그 장면에 빨간 이층 버스는 필수다. 채도 높은 빨간색과 파란색의 조합은 도시에 활기를 불어넣는다. 아, 이런 걸 색감 깡패라고 하는구나. 시야에 들어오는 사람, 건물, 차량, 돌길, 공원이 모두 예사롭지 않았다.

시간이 축적된 것들을 좋아한다. 1930년대부터 기자, 작가, 예술 가들이 사용해온 블랙윙Blackwing 연필. 누른 셔터 수만큼 많은 추억을 담아내고 있는 카메라. 수십 권의 일기. 한국의 거대한 줄기를 간직한 서울의 고궁들. 여러 사람들의 담담한 회고록.

꾸준하게 버텼거나 이어왔거나. 약속이나 다짐 같은 무형의 것 이든 건물, 연필, 카메라 등 유형의 것이든 무엇을 지키는 건 다 어렵 다. 변화가 중요하게 여겨지는 시대 속에서는 더더욱. 자의로 유지 하는 것도 어려운데 타의에 의해 무너지고 없어질 가능성까지 있으 니 말이다. 그래서 더 우러러보게 된다. 단어를 생각할 때마다 모습 을 떠올릴 때마다 마음이 뭉실뭉실 구름이 된다. 소중한 시선으로 그것들을 대하고 싶다. 클래식한 멋이 있다고 믿는다. 런던에도 그 멋이 있었다.

런던 풍경 안에 포함되는 요소들이 영국을 대표하는 아이콘이 된 게 많다. 빨간 이층 버스, 검은색 택시, 벽돌 건물, 근위병의 옷차 림과 동작. 모든 것이 강렬한 인상으로 남아 어디서 보기만 해도 영 국이라 알아차렸다. 이들의 공통점은 시간을 달려 여기까지 왔다

빨간색과 파란색이 어우러진 옥스포드 서커스 역 사거리

는 거다. 역사가 있다.

영국의 벽돌 건축은 무려 로마 시대 때 시작됐다고 한다. 로마인들이 벽돌을 사용한 건축 기술을 영국에 전파했고 1666년 런던 대화재 이후 화재에 강한 건축 재료의 필요성이 제기되면서 벽돌이 또 한 번 건축 주재료로 각광받았다. 벽돌은 정말 강했는지 계속해서 쓰였고 영국 풍경의 주재료가 됐다.

적어도 여행자 시점으로 봤을 때 영국은 그 역사를 스스로 철거할 생각이 없어 보인다. 진갈색 벽돌 건물의 통일감에서 느껴지는 단정함. 검은색 택시와 잘 어울리는 건물들의 외형에 여행 내내 애정 어린 시선을 보냈다. 잘 지켜내는 나라라고 생각했다. 그 어느 때보다 빠르게 모든 것이 바뀌고 있는 이 속도감 넘치는 행성에서 그대로 가져가야 하는 것들을 잘 아는 나라라니. 여행자에게 런던은 영국이 참 멋스러운 나라라는 걸 알게 해주는 도시였다.

그리고 나 또한 무엇을 지켜내면서 살아야 스스로 보기에 멋스러운 삶을 완성할 수 있을까, 생각하게 하는 도시였다. 저렴한 대신(런던 물가 대비 저렴하다는 뜻이다) 청소를 하다 만 것 같은 낡은 호스텔 이층 침대에 누워 생각한 건 역시 여행으로 인생을 완성하겠다는 다짐이었다. 돈을 아껴야만 하는 가난한 여정이 계속돼도, 매일 너무 많이 걸어서 허벅지에서 근육통이 느껴져도, 작고 큰 변수로 우울할 때가 있어도 여행은 꾸준히 하고 싶다. 그럴 수 있는 상황과 체력이 계속 있으려면 그에 따른 책임과 노력을 축적해야 한

거리를 걷다가도 계속 사진을 찍게 되는 런던의 거리

다. 그 시간들을 축적한 끝에 비로소 여행으로 인생을 완성할 수 있을 거다.

런던은 거리를 걷던 중에 찍은 사진들이 여행했던 다른 나라들에 비해 훨씬 많았던 도시다. 다른 나라에서 이동 중에 열 장을 찍었다고 가정하면 런던에서는 세 배 이상의 사진을 걷다가 찍었다. 과정에 속하는 순간들도 진한 감상을 주었다는 근거다. 다녀온 뒤에도 여행지를 추천하는 글을 몇 개 못 썼다. 어디라고 콕 집어 추천하기 애매한, 점보다는 선 어딘가에 있는 순간들만 생각난다.

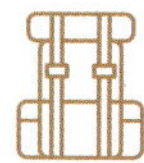

영국여행 중 현지 문화를 활용해
식비를 절감하는 방법, 밀 딜_{Meal Deal}

* 밀 딜은 편의점이나 마트에서 아침 시간대에만 제공하는 세트 메뉴입니다. 실제로 아침 시간대에 방문하면 많은 현지인들이 출근길에 밀 딜을 이용하는 풍경을 쉽게 볼 수 있어요.

* 빵, 샐러드, 음료, 과자 등을 종류별로 하나씩 골라 세트를 구성해 계산대로 가져가는 방식입니다. 예를 들어 '빵 1개 + 음료 1개 + 과자' 이렇게 한 세트를 고를 수 있습니다.

  - 메인 음식 종류(택1): 샌드위치, 샐러드, 베이글 등의 베이커리

  - 음료(택1): 물, 탄산음료, 주스, 아이스티 등

  - 간식(택1): 과자, 과일, 요거트, 초콜릿 등

3장

처음부터
사랑하지 않아도
괜찮다

Innsbruck, Austria

Paris, France

Athens, Greece

인스브루크 역 앞에서 보이는 설산

알프스가
여기에?

동계올림픽이 두 차례 열린 도시. 더글러스 애덤스가 자신이 쓴 SF소설 《은하수를 여행하는 히치하이커를 위한 안내서》의 아이디어를 떠올린 도시. 모두 오스트리아 인스브루크가 갖고 있는 타이틀이다. 그렇지만 정확히는 이렇게나 강렬한 의미가 있는데 이제야 존재를 안 게 신기했다. 이보다 더 놀라웠던 타이틀은 알프스 산맥에 자리 잡은 유럽 도시 중 가장 큰 도시라는 점이다.

오스트리아 서쪽 티롤 주에 위치한 인스브루크는 알프스 산맥에 둘러싸여 있는 도시다. 잘츠부르크, 비엔나 등 오스트리아의 유명 지역들보다 설산을 훨씬 가까이에 두고 있다. 설산이 인스브루크 중앙 역을 나오자마자 오른쪽에 당찬 모습으로 서있어 역에서 나오는 여행자들을 놀라게 한다. 개구쟁이 설산은 주요 거리를 돌아다닐 때마다 건물 사이로 흰색 고깔모자를 쓰고 나타난다. 인스브루크 직전에 여행했던 잘츠부르크에서도 눈 내린 산을 봤다고 생각했는데 대단한 착각이었다. 인스브루크에 오자마자 갑자기 성큼 다가온 알프스산의 거대한 몸집에 흠칫했다.

인스브루크는 알프스 산맥 해발 약 574m 위에 있다고 한다. 애초에 산맥 위에 있는 도시다. 설산이 어떤 곳보다 가까이 보일 수밖에 없다. 그래서 더 하얗게 빛나 보였던 걸까. 반짝반짝 영롱한 크리스털 브랜드는 필연적으로 이 도시의 주도인 티롤 주에서 태어날 수밖에 없었을지도 모르겠다. 하얗게 정상을 뒤덮은 설산을 보고 있으면 맑고 눈이 부신 무형의 감정이 떠오르니 투명하게 빛나는 크리스털 제품을 떠올릴 법도 하다(인스브루크는 오스트리아 티롤 주의 주도로, 인근 소도시 바텐스Wattens와 함께 스와로브스키가 태어난 곳으로 칭해지고 있다. 스와로브스키 본사와 전시장은 바텐스에 있다. 바텐스는 인스브루크에서 버스로 30분이면 갈 수 있다).

인스브루크의 설산에 대한 감상은 케이블카를 타고 노르트케테에 올랐을 때 더 확장됐다. 올라가는 산 이름은 노르트케테 산맥 봉우리 중 하나인 하펠레카르슈피츠Hafelekarspitze(이처럼 정확한 봉우리 이름이 있지만, 인스브루크 안에서 여행자들도 노르트케테라 부른다). 해발 1,905m를 자랑하는 거대한 산으로, 인스브루크에서 메인 관광지 역할을 맡고 있다.

설산을 오르는 가장 편한 방법은 산악열차와 케이블카를 타고 가는 것이다. 노르트케테의 3분의 2 지점에는 우리나라의 한라산 진달래밭휴게소와 같은 중간 휴게소가 있다. 레스토랑과 카페, 그리고 전망대 역할도 함께 맡고 있다.

그 건물 앞으로 펼쳐지는 전망은 산에 둘러싸인 인스브루크의 전경. 산과 산 사이 틈을 기가 막히게 알아차리고 마을을 이룬 도시는 알프스 산맥을 성벽으로 삼은 요새 같기도 하다. 요새의 크기가

인스브루크 에밀 베투아르 다리에서 바라본 풍경

도시 안에서 체감할 때보다 훨씬 넓다. 알프스 산맥은 중부유럽, 남유럽, 동유럽에 있는 여러 도시들을 걸치고 있는데 인스브루크는 그중 가장 큰 도시다. 이렇게나 존재감이 확실한 도시인데 왜 나는 이제야 와본 걸까 아쉬웠다.

설산이 보이는 인스브루크 거리

그 기분 그대로 건물 뒷면도 돌아봤다. 눈이 발목까지 쌓인 길
을 푹푹 밟아 건물 뒤로 돌아가니 대자연이 등장했다. 한국의 기암
절벽을 연상케 하는 바위산은 진회색 갑옷을 입었다. 요새를 지키
는 장병처럼 단단한 모습으로 서있는 산의 키가 거인이다. 목을 스

여유로운 시간을 보내는 인스브루크 사람들

트레킹할 때처럼 뒤로 바짝 젖혀야 머리까지 볼 수 있다. 우주여행을 하지 않아도 이런 광경을 볼 수 있구나. 인스브루크 전경을 봤을 때와 다른 결로 감탄했다. 이때부터 '알프스 산맥' 하면 스위스가 아닌 알프스의 지붕 인스브루크가 먼저 생각난다.

인스브루크는 빈과 잘츠부르크에 비해 낯선 도시다. 포털사이트 속 여행 후기들도 다른 도시와 비교하면 그 양이 적다. 나 또한 평소 관심있게 봤던 어느 여행자의 인스타그램을 보지 않았다면 인스브루크의 존재를 모른 채로 오스트리아를 다녀왔을 거다. 직접 가보는 게 이렇게나 중요하다.

우주, 겨울왕국, 요새 마을… 어떤 식으로 감탄해도 이색적인 도시의 매력에 퐁당 빠져 주위 사람들에게 제발 인스브루크를 알아달라 말하고 있다. 인스브루크 모르는 사람 없게 해주세요!

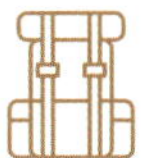

알프스의 지붕,
인스브루크를 알차게 여행하는 법

* **자전거로 둘러보는 시티 투어**: 인스브루크 현지인들의 주 이동 수단인 자전거. 그만큼 자전거 도로가 어떤 도시보다 잘 되어 있어요. 공공 자전거가 도시 곳곳에 있어 'nextbike by TIER' 앱을 설치해 쉽게 이용할 수 있습니다.

* **노르트케테 설산 오르기**: 알프스의 지붕 위로 올라가보세요. 인스브루크 웰컴카드 소지자는 케이블카를 20% 할인 받을 수 있습니다. 인스브루크 웰컴카드는 인스브루크 숙박업소에서 2박 이상 머물면 받을 수 있습니다.

* **인스브루크 다리 근처 강변 산책로에서 알록달록 건물 보며 맥주 마시기**: 인스브루크 다리 근처 강변 산책로에서 강 건너를 바라보면 각기 다른 색깔의 건물이 일렬로 단정하게 있는 걸 볼 수 있습니다.

파리의 랜드마크
에펠탑 야경

직접 경험하지 않은 것에
단언하지 말자

프랑스 파리는 '나 빼고 모두가 다녀온 유럽 여행지'였다. 어떻게 된 일인지 나는 유럽 이곳저곳을 다녀왔음에도 그렇게 유명한 프랑스 파리의 에펠탑을 못 보고 있었다. 누군가 프랑스에 다녀온 이야기를 꺼낼 때마다 항상 물었다. "거기 어때요?" 내가 여행에 진심이라는 걸 알고 있는 몇몇 지인들은 의아하게 반응했다. "여행을 그렇게 많이 다니는데 프랑스를 안 가봤어요? 의외네."

지금껏 미룬 이유가 은연중에 생겼다면 아마 질문에 돌아온 답이 영향을 준 게 아닐까. 다들 지저분하고 냄새가 나서 아쉬웠다는 거다. 정확히는 실망이었다. 파리를 다녀온 지인 그리고 여행 커뮤니티 사람들 대부분이 같은 이유로 파리에 대한 환상이 깨졌다고 말했다. 이렇게까지 여러 사람이 같은 이유로 특정 지역에 대해 실망하는 것도 드문 일인데… 파리에서 대체 무슨 일이 벌어지고 있는 거지? 거품이 심하다는 프랑스 파리를 직접 내 발걸음으로 확인하기로 했다.

파리 올림픽 개막 4개월 전, 파리 곳곳에서 올림픽 심볼과 마스코트 캐릭터를 볼 수 있었다. 파리 시청사에는 거대한 올림픽 장식이 전면 광고로 붙었고 파리 올림픽 공식 스폰서 매장에서는 관련 이벤트와 기념품 판매가 한창이었다. 평창 올림픽이 열렸던 해에도 평창을 못 갔는데, 파리 올림픽에 오다니. 어딘가를 간다는 건 물리적인 거리보다 타이밍이 더 중요하다. 터무니없다고 생각해 바라지도 않았던 타이밍을 현실로 맞이할 때마다 나에게 무슨 일이든 일어날 수 있다는 확신에 논거가 쌓인다. 반가운 일이다.

파리 대중교통을 폭넓게 이용할 수 있는 교통권인 나비고 Navigo 일주일권을 구입하고 사전에 준비했던 뮤지엄 패스까지 수령해 파리 곳곳을 바쁘게 돌아다녔다. 자유여행인데 바빴던 이유는 파리에 6일을 있었는데 막상 현지에 가니 볼 게 무궁무진해서 부지런히 다닐 수밖에 없었기 때문이다. 도시의 모든 것을 알 수는 없어도 주요 여행지들은 충분히 볼 수 있는 시간이라고 생각했는데, 파리는 2주는 시간을 비워야 여유롭게 여행할 수 있는 도시였다.

그런 도시를 감히 일주일도 안 되는 시간 안에 보겠다고 도전한 결과, 하루에 2만 보 이상은 기본으로 걸어야 했다. 다음 도시의 숙소와 교통편을 모두 예약한 게 아쉬우면서도 부지런한 여행을 선호하는 여행자다운 시간이 되고 있는 것 같아 미션을 훌륭히 완수해보겠다는 의지가 샘솟았다(별 이상한 상황에 도전 의식이 생기는 여행자다).

루브르 박물관은 작품마다 몇 초씩 봐도 다 보려면 3일은 걸린다더니 아무리 봐도 끝이 없었다. 작품에 집중하다가 중간에 번뜩 생각한다. 나 어디까지 본 거지? 오랑주리 미술관을 갔다가 루브르 박물관까지 보고 있다는 사실에 발바닥이 욱신거렸다.

오랑주리 미술관은 모네의 〈수련〉을 주축으로 프랑스 근대 회화를 전시하는 미술관이다. 자국의 작가인 클로드 모네의 작품을 위해 설계된 미술관은 수련의 실재감을 잘 드러내게 하는 공간이었다. 원형으로 된 전시실이 숫자 8 모양으로 두 개 있었는데, 새하얀 전시실의 천장에서는 자연광이 벽과 같은 순백색으로 느껴질 정도로 풍부하게 들어오고 있었다. 꼭 맑은 날 연못에 있는 것 같았다. 한 작가를 위하는 마음으로 지어진 미술관은 관람객이 연못을 떠올릴 수 있게 하는 스케치북이다.

파리 여행을 하면서 또 하나 인상적이었던 건 뤽상부르 공원에서 점심을 먹는 수많은 현지인들이었다. 점심시간이 되자 많은 사람들이 긴 바게트 혹은 그 외의 빵 혹은 도시락을 들고 공원에 속속 모여들었다. 연두색 잔디밭이 생명력을 불어넣는 공원에서 현지인들은 따뜻한 3월의 바람과 함께 각자의 식사 시간을 보냈다. 공원이 파리 시민들에게 어떤 의미인지 알 수 있었던 풍경이 모네 그림만큼 부드러운 아름다움으로 다가왔다.

파리 현지인들이 아침 일찍부터 바게트를 여러 개 사는 모습에 덩달아 바게트를 샀다. 통바게트가 담긴 연한 갈색 종이 봉투를 들고 공원 벤치로 가 입에 왕– 물었다. 밍밍한 빵은 취향이 아니라며

루브르 박물관에서 대화를 나누는 사람들

복도를 걸어다니는 관람객조차 박물관의 일부인 것 같다.

파리 뤽상부르 공원의 풍경

한국에서는 먹지 않았던 바게트에 반할 줄이야. 구멍 송송 뚫린 술

빵 같은 바게트 속 식감이 쫀득했다. 찰진 바게트의 고소함에 제대

로 꽂혔다. 파리에 있는 동안 매일 바게트를 먹었다. 한국 가면 절대

못 먹을 맛이라며 집착했다. 바게트 사이에 커리 치킨을 넣은 샌드

뤽상부르 공원에서 먹었던 커리 치킨 바게트 샌드위치

위치도 먹어봤는데 이 맛있는 걸 파리 사람들만 먹고 있다니 속상한 마음까지 들었다.

파리뿐만 아니라 프랑스 여러 도시의 빵이 모두 대단했다. 자부심을 가져도 될만한 맛과 다양한 종류였다. 새벽같이 나와서 갓 나온 빵을 일주일치 장 보듯이 사는 광경을 본 적이 있다. 이른 아침부터 빵집 앞에 대기 줄이 생긴다. 이렇게나 빵에 진심인 사람들이 사는 나라라 프랑스 빵의 명성도 이어지고 있는 게 아닐까 짐작했다.

파리 여행의 하이라이트는 디즈니랜드였다. 나이가 한 자릿수일 때부터 미키 마우스가 애착 인형이었던, 지금도 해외 디즈니 스토어에 가면 미키 마우스 인형을 간간이 사는 '어른이'다. 그런 여행자의 인생 첫 디즈니랜드였다.

들어가자마자 보였던 미키마우스 동상부터(무려 가장 좋아하는 마법사의 제자 버전 미키마우스!) 미키 퍼레이드 그리고 미키의 집까지. 미키에게 내가 가장 좋아하는 존재라고 말했을 때 미키가 감동받은 제스처를 취한 건 나만 아는 감동 포인트다. 미키가 인형 탈에 불과하다는 걸 알면서도 뒤로 자빠질 뻔했다. 감동의 눈물을 마음속으로 콸콸 쏟으며 봤던 저녁의 일루미네이션은 지금도 가끔 찍어온 영상을 재생할 정도다.

'잠자는 숲 속의 공주' 성에서 펼쳐졌던 화려한 일루미네이션 공연만큼 프랑스 파리는 촘촘한 행복감으로 채워진 도시였다. 가만히 앉아서 혹은 서서 거리를 바라보고 있기만 해도 평화로웠다. 파랑새가 폴폴 날아다니는 것 같은 가벼운 기분을 경험할 수 있었다. 현지인들의 일상을 볼 때마다 지구에는 다양한 삶의 방식이 있고

베르사유 궁전 내부에서 활영한 사진

이를 직접 보고 이해하는 것이 중요하다고 다짐했다. 편향과 같은 틀을 갖지 않는 사람으로 늙어가고 싶다.

바게트를 한 입 베어 물며 빠르게 걸었던 파리의 거리, 모네의 수련을 감상하며 시간의 흐름을 잊었던 순간, 그리고 디즈니랜드에서 동심으로 되돌아갔던 하루까지. 파리는 내게 예상을 뛰어넘는 감동을 안겨준 도시였다. 지저분하고 냄새 난다는 선입견은 오래전에 덧씌워진 먼지 같은 것이었다. 그 먼지를 훅- 불고 실제로 마주한 파리는 고유의 안온한 분위기와 재미가 있는 도시였다.

마지막 날, 에펠탑이 금메달처럼 반짝이는 모습을 다리 위에서 바라보며 생각했다. 여행은 누군가의 말이 아니라, 나의 발걸음으로 완성하는 것이라고. 도시의 모습은 그날의 날씨와 내가 머문 자리, 지나친 골목, 그리고 내 시선이 향한 곳에 따라 무한히 달라질 수 있다. 그러니 앞으로도 직접 경험하기 전까지 섣불리 단정 짓지 않기로 하자. 그렇게 파리는 내가 사랑하는 도시 중 하나가 되었다.

파리 최고의 바게트 대회
궁에 공급됐던 바게트를 먹어볼 기회!

* 파리를 여행하다 보면 베이커리 외관에 월계관 문양 스티커가 붙어 있는 빵 집들이 있습니다. 그 스티커에 'Concours de la Meilleure Baguette de Paris'가 적혀 있다면 파리 최고의 바게트로 선정된 경력이 있다는 뜻이에요.

* 최고의 전통 바게트를 선정하는 대회로, 우승한 베이커리는 1년간 엘리제궁에 바게트를 공급하는 영예를 안게 됩니다. 궁에 공급됐던 바게트를 여행 중 만나보세요.

* 베이커리 밀레 앙Mille et Un 대표님이 2013년 이 대회에서 8위에 올랐습니다. 이후 베이커리 밀레 앙을 오픈했고 현재까지 전통 바게트를 먹기 위한 현지인과 관광객들이 줄을 잇고 있습니다.

아크로폴리스 파르테논 신전

주어진 상황에서

사부작 사부작

문명의 발상지. 올림픽의 시작. IMF에 구제 금융을 신청했던 아픔을 지나 다시 일어서고 있는 나라. 그리스는 호기심 70, 치안에 대한 걱정 30을 갖고 입국했던 나라다. 필독도서 0순위였던 《그리스 로마 신화》 시리즈를 읽고 자란 여행자에게 그리스는 유럽 국가 그 이상이다. 정말 신들이 구름 뒤에서 지켜보고 있지 않을까 상상하게 되는 나라. 기독교, 불교, 천주교 등 한국에 자리 잡은 대표 종교 외 또 다른 믿음을 엿볼 수 있는 나라. 그렇게 탄생한 돌덩이의 나라.

온전히 호기심만 100을 가지고 가면 그저 행복한 시작이었겠지만, 그리스에 간다고 했을 때 걱정 어린 시선도 많이 받았다. 실제로 그리스 여행 카페에는 치안에 관한 걱정스러운 고민 글이 많았다. 나 또한 마찬가지였다. 예약한 숙소와 가장 가까운 역이었던 오모니아Omonia 일대는 주요 여행지와 접근성은 좋지만, 불법이민자들이 밀집해 있어 치안이 안 좋다는 이야기가 있는 동네다. 숙소를 정하는 과정에서 최대한 오모니아에서 멀리 떨어져 보려고 매일 검색하고 또 검색했지만, 숙박비 측면에서 도저히 타협이 되지 않았다. 그렇게 가기로 한 게 잘한 결정인지 확신하지 못한 채로 그리스 아테네행 비행기를 탔다.

모든 걸 조심하자고 생각하며 비행기에서 내렸다. 여행을 온 건지 좀비 게임 속에 들어온 건지 모를 긴장감을 갖고 지하철을 탔다.

다행히 여행신한테 버림받지 않았는지 숙소까지 무탈하게 찾아갈 수 있었다. 길과 건물들이 다소 낡긴 했어도 활발한 오모니아였다. 이상한 사람을 만나지는 않았다. 분위기가 유럽 하면 떠올리는 밝고 예쁜 동네는 아니었지만, 실제로 마주하니 걱정을 덜게 되는 동네였다.

그럼에도 항상 소지품을 잘 붙잡고 다녔고 해가 지기 전에 숙소에 들어왔다. 숙소 사장님은 노숙자가 많지만 위험하지 않다고 말씀하셨지만, 나를 지켜주는 사람은 나밖에 없다고 생각해서 차분하게 그리고 안전한 선택을 하며 다녔다. 그 덕분인지 숙소를 옮겨야 하는 변수는 없었다.

본격적인 아테네 여행에서 가장 먼저 간 곳은 그리스 전통 스트릿 푸드인 기로스gyros 가게였다. 기로스는 피타pita라는 쫄깃한 납작빵에 신선한 야채, 고기, 감자튀김, 그리고 사워 소스 맛이 났지만 무언가 첨가한 것 같은 하얀 소스를 넣어 만든 그리스식 랩warp이다. 쇼핑 거리와 맞닿아 있는 번화가에 위치한 가게 앞에는 수많은 관광객이 줄을 서있었다. 배가 고픈 만큼 망설일 것 없이 합류했고, 언제나 실패할 확률이 적은 치킨 기로스를 주문했다.

꽃다발처럼 감싸진 포장지를 한 쪽씩 내리며 한입 크게 베어 물었다. 한 두 번 씹으니 머릿속에 떠오르는 느낌표. 이거다! 담백한 닭

아테네 여행 내내 즐겨 먹었던 기로스

고기와 아삭한 야채, 부담스럽지 않은 소스의 조화가 완벽했다. 쫀
득한 피타 덕분에 식감까지 즐거웠다. 한입 한입이 만족스러워 내
일도 꼭 다시 먹어야지 다짐했다. 하루에 한두 끼씩 기로스를 먹었
고, 결국 여행이 끝날 무렵 기억에 남는 음식은 기로스뿐이었다.

기로스만큼 좋아했던 것이 하나 더 있다. 바로 아크로폴리스. 아크로폴리스는 그리스를 대표하는 랜드마크이자 신전들이 모여 있는 성지다. 해발 150m 산 위에 있는 신전이기 때문에 찾아가려면 동네 뒷산을 오르는 정도의 운동이 필요하다. 마을 골목을 지나 언덕을 오르며 숨을 가쁘게 내쉬었다. 오르막 계단 양옆에 가게들을 운영하고 있는 풍경이 이색적이었다.

계단이 끝나고도 조금 더 오르막길을 걸어야 했는데 그 길에는 화가가 직접 그린 작품을 판매하고 있었다. 그리스의 여러 지역을 그린 풍경화들의 색채가 어쩐지 귀여웠다. 그림을 잠시 구경하다가 부지런히 오르막길을 마저 걸었다. 어느새 고대 문명의 흔적이 눈앞에 펼쳐졌다. 수천 년의 세월을 견뎌낸 신전들은 원형을 온전히 유지하고 있지는 않았지만, 오히려 그 불완전함이 더 비현실적인 느낌을 자아냈다. 흐린 날씨 속에서 언덕 위를 스치는 거센 바람이 신전의 구조물과 어우러져 마치 신들의 속삭임처럼 느껴졌다.

인간이 신을 향한 경외심 하나만으로 만들어낸 신전. 돌덩이 하나하나에 깃든 신앙이 거대한 형상을 이루고 있었다. 벽돌과 조각상들은 시간이 흐르며 혹은 역사적인 사건들에 의해 훼손되었지만, 그 위대함만큼은 부서지지 않았다. 어린 시절 만화책으로만 봤던 장면이 눈앞의 현실이 되어 있다는 게 신기했다. 신화 속 세상을

아크로폴리스 박물관 테라스에서 본 아테네 풍경

여행하고 있다는 실감이 오감으로 느껴졌던 공간이었다.

아크로폴리스의 신비를 더 깊이 알고 싶어 아크로폴리스 박물관을 찾았다. 박물관은 고대 그리스 로마 신화의 연장선이었다. 해독조차 어려운 그리스어가 새겨진 석판들을 바라보며 언어도 하나의 미술이라는 생각이 들었다. 동그라미, 세모, 갈매기 모양 같은 낯선 기호들이 알파벳 사이에서 독특한 조형미를 뽐내고 있었다. 글자를 쓰는 행위 또한 예술이 아닐까? 문자의 아름다움을 새삼 깨닫게 된 순간이었다. 박물관을 나오며 그리스어가 빼곡히 적힌 자석형 책갈피를 기념품으로 샀다.

가장 인상 깊었던 문화재는 에레크테리온 신전의 기둥 역할을 하는 여신상이었다. 땋은 머리결의 곡선이 실제 사람의 머리카락 모양처럼 생생하게 조각되어 있었다. 신을 향한 믿음이 만들어낸 정교함은 현실과 닮았다. 다른 관람객들도 비슷한 감탄을 했는지 오랜 시간 여신상 곁을 보다가 떠났다. 조각상 외에도 토기와 석상에서 그리스인들의 삶과 정신이 고스란히 전해졌다. 시간 가는 줄 모르고 관람했던 아크로폴리스 박물관은 그리스 여행의 깊이를 더해준 곳이었다. 아는 세상이 많아지는 기분에 취한 채로 박물관을 나왔다.

아테네에서의 시간 동안 이 도시가 지닌 강한 자부심을 곳곳에서 느낄 수 있었다. 경제적 어려움을 겪었음에도 불구하고 그리스는 주저앉지도, 과거의 영광에 머물지도 않았다. 끊임없이 유산을 보존하고 세계에 선보이며 새로운 미래를 만들어가고 있었다. 많은 우려에도 수많은 여행자들로 가득했던 아테네의 풍경이 희망을 말

아크로폴리스 박물관에서 본 여신상들의 머리 땋은 뒷모습

해주고 있었다. 수천 년을 이어온 문명의 가치는 그것을 지키려는 사람들의 의지에 의해 더욱 빛나는 것이 아닐까.

'사부작'이라는 표현을 좋아한다. 내향적인 성향을 갖고 있음과 동시에, 무언가를 하고 있지 않으면 스트레스를 받는 내 모습을 잘

아고라와 어우러진 꽃과 하늘이 조화롭다.

수천 년의 세월을 견뎌낸 아고라

보여주는 표현이다. 혼자 사진을 공부하고 훌쩍 여행을 떠나고 조용히 출퇴근을 하고 짧고 긴 글을 썼던 시간을 쌓아 여기까지 왔다. 요란한 구석이 있다면 계속해서 작업물을 여러 사람 앞에 공개하는 의지 정도. 마치 정제된 반죽일 뿐이었던 흙에 손발의 세심한 움직임을 더해 도자기를 완성하는 성형과 정형의 과정처럼 현재의 나도 조금씩 무언가를 더하며 빚어지고 있다.

원데이 클래스로 도예 체험을 했을 때 생각한 건 객관적으로 그 도자기가 몇 점이던 내 손으로 만든 모양과 무늬는 100점으로 느껴진다는 거다. 뿌듯함과 희열에서 비롯된 점수였다. 그 점수를 내 인생에도 주고 싶다. 모두가 인정할 만큼 거대한 성과나 화려한 재능은 없어도 내가 해온 사부작 사부작 의지에 박수를 보낸다.

주어진 상황에서 할 수 있는 최선을 선택하며 여기까지 왔다. 성실의 힘을 믿으며. 성실이 재능이 될 수 있다면 내가 가진 재능은 오직 성실함이다. 그 재능에 자신감을 갖고 나아가자. 아테네에 있는 동안 내내 느꼈던 의지처럼.

아테네 여행자라면 필수!
아크로폴리스 통합권

* 아크로폴리스를 포함한 아테네 주요 여행지들을 모두 입장할 수 있는 패스권입니다.

* 통합권 사용은 5일간 가능합니다. 사용 기간 동안 각 여행지를 패스권으로 입장할 수 있습니다. '아크로폴리스'는 통합권 구매 시, 방문일시 예약이 필요합니다.

* 통합권으로 갈 수 있는 여행지: 아크로폴리스, 아테네의 아고라, 로마 포롬, 하드리아누스 도서관, 올림픽경기장, 케라메이코스, 아리스토텔레스 학교

- **아크로폴리스 통합권 공식 사이트**: https://hhticket.gr

4장

일상과 여행,
그 사이 어디쯤

Lisbon, Portugal

Chiang Mai, Thailand

Goreme & Istanbul, Turkiye

달이 뜬 리스본의 코메르시우 광장

모두가
포르투를 외칠 때

포르투갈은 2023년 국내 SNS에서 가장 인기 있었던 유럽 국가일 거다. 정확히는 포르투Porto라는 도시가 큰 인기를 끌었다. 인기가 시작되기 전에는 포르투갈보다 스페인이 훨씬 돋보였는데 특이점이 생긴 것인지 어느 순간부터 SNS와 여행자들 사이에 포르투가 '낭만 깡패'라고 불리며 지각 변동이 일어났다.

유럽 인기 여행지의 판을 뒤흔든 포르투를 포함해 2023년 말부터 2024년 초까지 리스본 근교 카스카이스Cascais, 호카곶Cabo da Roca, 아베이루Aveiro, 코스타노바Costa Nova, 브라가Braga를 여행했다. 세계여행이라는 큰 틀을 제외하면 제주도 한 달 여행 이후 가장 긴 시간을 투자한 프로젝트성 여행이었다. 굳이 포르투갈에서 긴 시간을 머문 이유는 궁금한 게 많았기 때문이다. 유럽의 끝에 있는 나라. 다른 유럽 국가보다 겨울이 따뜻하고 물가가 저렴한 나라. 에그타르트가 탄생한 나라. 포르투의 진실도 궁금했다.

알고 싶은 게 많은 만큼 충분한 시간을 들여 포르투갈에 머물렀다. 직전에 여행했던 스페인에서 지낸 기간보다 일주일가량 더 많은 시간을 포르투갈에 쏟기로 결정하고 버스로 넘어갔다. 한곳에 오래 머무는 여행보다는 새로운 곳을 계속 찾아 다니는 여행자가 포르투갈에서 3주나 있겠다고 결심한 게 앞뒤가 안 맞는 선택 같지만, 언제나 여행은 예상을 빗나간다. 단 3주 만에 포르투갈에 반했다. 모든 게 시간이 지날수록 아련해지는 추억이 담긴 물건 같은 곳이었다.

스페인에서 5시간 동안 버스를 타고 건너와 실내로만 이동하다가 처음 리스본 도시 풍경을 봤을 때 바로 입 밖으로 튀어나온 말. "와 이 힘든 와중에도 예쁘네." 세계여행을 시작한 이후에 가벼워질 생각이 없는 캐리어를 와당탕 거친 돌 바닥 위에 굴리면서도 예쁘다고 말한 건 리스본이 처음이었다. 보통 숙소를 찾아갈 때 풍경은 잘 감상하지 않는 직진 여행자인데 리스본은 오직 목적지에 집중하는 여행자의 시선도 돌리는 풍경을 갖고 있었다. 건물 외관들의 합주가 완벽하다.

지금껏 유럽은 통일감 있는 건축미가 특징이라 생각했는데 리스본은 예외다. 각기 색깔도 무늬도 다른 아줄레주^{포르투갈의 도자기 타일}로 덮인 건물들의 외관에서 레트로한 질감이 느껴졌다. 이렇게나 차별화된 콘셉트를 갖고 있는 도시라니. 궁금증에 설렘이 더해졌다. 캐리어 손잡이를 꽉 잡아 힘차게 끌었다.

길을 걸으며 처음 본 크리스마스 마켓, 정어리 통조림 가게, 그라사 전망대에서 본 일몰과 여유로운 풍경까지. 리스본의 첫날은 그야말로 감성 치사량을 초과한 하루였다. 특히 우연히 발견했던 그라사 전망대는 불꽃놀이를 보는 것만큼 환상적인 장소였다. 리스본

일몰의 색깔을 입은 리스본의 한 건물

시내를 뒤덮는 주홍빛 일몰도 장관이었지만, 그 일몰을 바라보며 낮의 끝을 즐기는 사람들의 군상이 유독 낭만적이었다.

와인병을 가져와 전망대에 걸터앉아 마시는 사람들. 전망대에 있는 작은 매대에서 술을 사서 앉아 마시는 사람들. 여기를 어떻게 알았는지 삼삼오오 온 여행객들의 사진 찍는 모습. 전망대에 있는 건물 벽에 드리워진 나무 그림자까지. 풍경을 이루는 모든 것이 로맨스 영화 같았다. 일몰이 지기 전에 이 분위기를 카메라에 고스란히 담아야 한다며 부지런히 셔터를 눌렀다. 긴 시간 머무는 만큼 느릿느릿 지내려고 했는데 오프닝부터 이렇게 화려하니 여행 끝에는 어떤 장르가 되어 있을지 모르겠다고 생각했다. 이 첫날의 경험을 계기로 매일 새로운 전망대에 가는 게 루틴 중 하나가 됐다.

리스본에서 가장 인상적인 건 '길'이었다. 리스본의 길은 크게 두 종류로 구분됐다. 해안 산책로와 오르막길. 리스본 시내에는 곳곳에 언덕이 있는 것처럼 어느 골목으로 들어가도 결국에는 숨소리가 거칠어지는 오르막이 등장했다. 성당도 내장 버거 맛집도 마트도 전망대도 미술관도 모두 오르막 과정이 있었다. 첫날에는 생각보다 가파른 오르막에 자주는 못 올라가겠다며 헥헥 쉰 소리를 냈다. 하지만 오르막 끝에 도착하는 모든 장소에서 오길 잘했다며 만족하는 경험이 쌓인 뒤로는 운동도 하고 잘됐다는 마음으로 노선

리스본 그라사 전망대에서 본 일몰

을 변경했다.

　매일 코르메시우 광장 곁에 있는 해안가를 걸었다. 평지로 넓고 편안한 도보를 만들어 아침에는 조깅하는 현지인과 바다 위 윤슬을 볼 수 있었다. 낮을 지나 저녁에 들어설 때면 짧은 시간 동안 하늘에 붉게 퍼지는 일몰을 볼 수 있었다. 완전히 해가 지고 가로등이 켜지면 파도 소리를 백색소음 삼아 광장에 밤 산책을 나온 사람들이 가득했다.

　시내에서도 가장 번화한 쇼핑 거리 끝에 바다가 있는 게 신기했다. 바다와 거리가 먼 곳에만 살아봐서 아침마다 해안 산책로를 걷는 게 그렇게 특별하게 느껴졌다. 바다의 얼굴은 실시간으로 달라져 매번 새롭고 자꾸 걷고 싶었다. 그 덕에 벨렘지구까지 1시간 40분을 걷기도 했고 인터넷 검색 결과에는 나오지 않던 일몰 여행지까지 알게 됐다. 리스본은 바다 곁에 살아보고 싶은 여행자의 소원을 이루게 해주었다.

　리스본에서의 생활은 여행 안에 일상을 만들어가는 과정이었다. 매일 일정 시간은 호스텔 라운지에서 일을 했다. 작업에 몰두하다가 숙소 근처에 있는 다양한 에그타르트 가게에서 타르트를 여러 개 사서 시나몬 파우더를 탈탈 뿌려 먹었다. 일한 뒤에 먹는 달달한 디저트는 매번 새롭게 눈이 뒤집힐 맛이었다. '워라밸'의 원천은

리스본에서 묵었던 호스텔 창문을 통해 보이는 풍경

에그타르트였을지도 모른다.

때로는 아우구스타 거리에서 아이쇼핑을 하다가 세일 기간에 옷을 사기도 했다. 리스본에서 알았다. 유럽은 크리스마스 바로 다음 날부터 가장 큰 세일이 시작된다. 연말 쇼핑을 계획한다면 유럽 여행은 크리스마스 다음 날을 노려야 한다(이때 세일가에 8,000원짜리 기모 맨투맨을 샀는데 지금까지 자주 입고 있다). 매일 가계부를 쓰면서 지출 현황을 따져보고 마트에서 생활용품을 구입하는 등 한국과 다를 바 없는 일상을 보냈다. 그렇게 현지인처럼 리스본을 경험했다. 익숙하지 않은 공간에서 익숙한 행동을 하는 순간, 여행과 일상의 경계가 흐려졌다.

리스본에서의 마지막 날, 오전에는 호스텔 1층 라운지에서 노트북으로 일을 하다가 오후에 마지막으로 포르투 시내를 돌아봤다. 이제 와서 아쉬운 마음이 들었다. 코르메시우 광장에 있는 대형 트리도 트램도 개선문도 건너편 바다까지 모두 아직 현재인데도 지난 추억처럼 마음이 일렁였다. 광장의 북적이는 분위기는 아직 끝나지 않은 연말임을 알려주고 있었다. 마지막이라고 생각하니 더 자주 볼 걸 그랬나 괜히 후회됐다. 이 도시, 분명 많이 그리워할 도시다.

포르투갈에 가기 전 먼저 다녀온 지인들이 말했다. "포르투에 가면 리스본이 아무것도 아니었다고 생각할 거예요." "리스본은 오

세비야에서 리스본으로 가는 버스 안에서 본 일출

래 있을 곳은 아니에요." 실제로 포르투갈 여행 패키지들을 봐도 리스본보다 포르투에 시간을 많이 쏟지만, 내 경험에 따르면 꼭 하나를 선택할 필요는 없었다.

약 한 달간 포르투갈에 머물렀던 여행자로서 소신 발언을 하자면 리스본은 포르투와 동등하게 그리고 다른 결로 좋았다. 포르투가 낭만적인 도시라면 리스본은 일상과 여행, 그 사이 어디쯤의 자연스러운 분위기가 긴 여운을 만드는 도시였다. 다채롭지만 어떤 것도 독보적으로 튀지 않아 더 아름다운 도시. 그래서 모두가 포르투를 외칠 때 나는 리스본도 함께 사랑하기로 했다. 다시 과거로 돌아가도 리스본에서 긴 시간을 머물 거다.

리스본 여행 중에
이런 경험을 추천해요!

* **나만의 에그타르트 맛집 찾기**: 꼭 유명한 프랜차이즈 매장이 아니어도 리스본 에그타르트는 맛이 상향 평준화되어 있습니다. 우연히 발견한 가게들도 도전해보세요!

* **벨렘**Belém **지구 다녀오기**: 리스본 시내에서 버스를 타고 다녀올 수 있습니다. 제로니무스 수도원, 베라르도 현대미술관, 발견기념탑 등 볼거리가 다양합니다.

* **코메르시우 광장**raça do Comércio **앞 해안 산책로 걷기**: 다양한 시간대에 해안가를 산책해보세요. 다양한 군상과 날씨와 시간에 따라 달라지는 풍경들을 만날 수 있습니다.

치앙마이
왓 프라탓 도이수탭
사원 풍경

디지털 노마드의
여행

세계여행을 떠나기 전까지는 주 5일 출퇴근을 하는 직장인이었다. 점심 메뉴 고민을 인생 최대 고민인 것처럼 진지하게 하고, 연차를 월급만큼 좋아하는 팀원. 그러다가 퇴사하고 세계여행을 행동으로 옮기면서 난생 처음으로 소속된 직장이 없는 프리랜서에 도전하게 됐다. 그렇게 노트북을 들고 출국한 지 9일 차에 도착한 곳은 태국 치앙마이다.

치앙마이는 '디지털 노마드의 성지'라 불린다. 한국에서만 그렇게 불리는 건 아니다. 사무실이라는 공간의 범위가 지구 전체인 전 세계 디지털 노마드 사이에서 정의되는 치앙마이가 그렇다. 치앙마이는 오래 머물러도 저렴한 생활 물가와 숙박비, 와이파이 등 노트북을 쓰기에 부담 없는 인프라를 갖추고 있는 지역이다. 국적을 가리지 않고 많은 프리랜서들이 모이는 만큼 커뮤니티와 공유오피스 또한 활성화되어 있다. 그 안에서 서로 협업을 모색하고 동질감과 긍정적인 자극을 얻는다. 여기에 사원 축제 플리마켓 야시장 등 즐길거리는 덤.

새싹 디지털 노마드 신분으로 치앙마이에 도착한 뒤 가장 먼저 찾은 건 일하기 좋은 카페였다. 치앙마이에는 카페가 굉장히 많다. 그중 노트북을 사용하기 좋고 숙소와 멀지 않아 자주 갈 수 있는 카페를 찾아 다녔다. 노트북 사용이 가능한 카페들이 많은 지역답게 콘센트와 와이파이를 쓸 수 있으면서 테이블과 의자의 높이 차이가 적당한 카페를 금방 찾을 수 있었다. 숙소에서 도보 5분! 주택가 안에 있는 2층짜리 카페로 타이 티Thai tea가 맛있는 곳이었다. 안목은 다 똑같은지 매번 아침 일찍부터 노트북을 들고 오는 서양인들이 많았다.

치앙마이에는 서양인 디지털 노마드들이 굉장히 많았다. 과장을 조금 더해 "여기 사는 사람보다 서양인들이 더 많은 것 같아" 혼잣말을 한 적도 있을 정도였다. 나중에는 그 이국적인 분위기에 치여 치앙마이를 사랑하는 이유 중 하나가 됐지만, 처음에는 카페 풍경을 신기하게 생각하며 키보드를 두들겼다. 나보다 훨씬 긴 비행 시간과 높은 항공권 가격으로 여기까지 왔을 거라 생각하니 치앙마이가 보물섬처럼 느껴졌다.

모니터에 집중하는 사람들이 만드는 진지한 분위기 속에서 덩달아 몇 시간을 일했다. 치앙마이에 유의미한 작업실이 생겼다. 그곳에서 원고를 쓰고 개인 작업을 하고 찍은 사진을 편집하며 새로운 유형의 여행을 경험했다. 플리마켓들이 열리는 주말과 러이끄라통 축제에 가는 날을 제외하고는 매일 카페에서 노트북을 펼쳤다.

디지털 노마드의 여행은 근무 시간이 없는 일반적인 여행과는 다르다. 내내 휴식만 할 수 없다. 하고 싶은 걸 하는 만큼 해야 하는

치앙마이 반캉왓에 있는 북카페

것을 위한 시간도 반드시 마련해야 한다. 자신이 하는 일에 대한 책임감과 자기통제력이 포함된 여행이다. 실제로 매일 일정 시간 카페에 가서 일하다가 너무 오래 있나 싶을 때는 숙소 침대 위에서 양반다리를 하고 그 위에 노트북을 얹어 남은 일을 했다. 숙소 객실이 다인실이었는데 이층 침대가 아닌 일층 침대였던 게 행운이었다고 생각한다. 이층 침대에서 일층을 배정받아도 가끔 천장이 낮아 침대 위에 앉아있기 어려운 숙소도 많다. 그렇게 밤낮없이 일을 하는 날도 여럿 있었다.

그래서 노트북 없이 여행하는 시간들을 더 성실하게 썼다. 외곽에 있는 현대미술관을 찾아가 조용히 사유하는 시간을 보냈다. 플리마켓과 야시장 일정을 챙겨 여행자들이 한데 모인 광경 속에서 자유를 느끼기도 했다.

카페에서 동행 모집 글을 보고 참여해 함께 애니메이션 〈라푼젤〉의 모티브로 알려진 등불 축제 러이끄라통 현장을 다녀오기도 했다. 무료 축제 장소인 도이사켓 호수로 다녀왔는데도 엄청난 인파와 화려한 야시장 덕분에 애니메이션과 흡사한 장면들을 볼 수 있었다.

직접 태국 음식을 만드는 쿠킹 클래스도 경험했다. 뚝딱거리면서 따라 하니 완성되는 여러 접시의 음식들. 뿌듯함이 서비스처럼 따라온다. 한국에서 찾아 먹던 팟타이도 실컷 먹었다. 이렇게 오감을 총동원한 경험들은 시간을 소중하게 대하는 만큼 더 진한 감각으로 기억됐다. 디지털 노마드의 여행은 모든 순간이 생산적이었다. 쓴 것보다 남은 게 더 많았다.

치앙마이 러이끄라통 도이사켓 축제 현장

치앙마이 올드타운 거리

그 덕분에 치앙마이에서 프리랜서의 삶이 잘 맞는다는 생각이 들기 시작했다. 내 성향에 맞는 것 같았다. 새로운 공간을 주도적으로 누리면서 도전하고 싶은 일을 만들어내고 매일같이 진도를 나가고 결과물을 하나 둘 완성하는 일련의 과정이 자유로웠다.

출퇴근을 하면서 가장 아쉬웠던 건 내가 오롯이 집중하고 싶을 때, 타의에 의해 집중하지 못하는 것이었다. 회의나 커뮤니케이션 혹은 갑자기 들어오는 ASAP 업무들이 주된 이유였다. 다같이 일을 하는 직무라면 당연히 비일비재하게 마주하는 상황이기에 수긍하고 대응했지만, 스트레스를 받는 건 사실이었다. 한 두시간 일부러 야근을 자처하다가 결국 사무실에 제일 먼저 출근해서 혼자만의 집중 타임을 가지는 방법을 택했을 정도로 직장인 생활 내내 주도적인 업무 시간 운용을 갈망했다. 여행보다는 출장에 가까운 날도 있었지만, 가장 목말랐던 점이 해결되니 다 괜찮았다. 다행히 성실함과 하는 일에 대한 욕심은 회사 밖에서도 여전했다.

이후에 다른 나라에서도 나만의 업무 시간을 만들어 호스텔, 숙소, 버스터미널, 공항 등 장소를 가리지 않고 해야 할 일을 만들고 또 챙겼다. 확신이 생기니 욕심도 더 커져 이어 나갈 수 있었다. 태국 치앙마이가 그 계기를 준 특이점이었기에 머물렀던 시간이 소중하지 않을 수 없다.

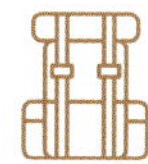

디지털 노마드로 해외를 갈 때
참고할 점

* 무조건 저렴한 숙소보다는 집에서도 일을 할 수 있는 숙소를 선택해야 합니다.

* 와이파이와 콘센트가 있는 숙소인지 확인 필수! 노트북을 이용할 수 있는 카페들을 미리 찾아보면 현지에서 빠르게 적응할 수 있어요.

* 지역에 따라 코워킹 스페이스가 있는 경우가 있습니다. 같은 디지털 노마드들과의 네트워킹을 하고 싶은 사람들에게는 코워킹 스페이스가 좋은 선택지가 됩니다.

* 업무 루틴은 좋아하는 해외여행지일지라도 정하는 것이 좋습니다. 100% 자유로운 여행이 아닌 만큼 업무 관련한 목표도 이룰 수 있게 환경을 만드는 것이 중요합니다.

다채로웠던 튀르키예 호스텔의 조식

아침식사가
가장 기대되는 나라 1위

아침을 안 먹으면 하루를 시작하지 못한다. 어릴 적부터 학교 가기 전에 꼭 집밥을 먹었던 것이 여든까지 갈 습관이 됐다. 출근하기 전에도 꼭 아침식사는 든든하게 먹고 집을 나섰다. 해가 지면 생각한다. 내일 아침 뭐 먹지?

조식 시간에 진심인 태도는 여행 중에도 이어진다. 마트나 빵집에서 샌드위치를 사 먹기도 하고, 맥도날드의 맥모닝도 즐겨 찾는다. 운 좋게 조식을 포함해도 가격이 합리적인 숙소를 예약하게 되면 전자보다 편안하게 식사를 한다. 이렇게나 조식에 진심인 여행자가 꼽은 조식 맛집 나라는? 고민할 필요 없이 단연 튀르키예다.

튀르키예 카파도키아에 있는 한 호스텔에서 처음 조식을 먹었을 때 깜짝 놀랐다. 넓은 흰색 접시 위에 카이막, 치즈, 수죽튀르키예식 쇠고기 소시지, 오이, 토마토, 초코쿠키와 버터쿠키, 누텔라, 올리브, 버터, 꿀, 시미트 빵터키의 전통 통깨 빵이 옹기종기 다 들어있는 거다. 보통 호스텔 조식은 식빵과 시리얼, 주스, 우유, 잼이면 끝나는데 이렇게 오밀조밀하고 종류 많은 호스텔 조식은 처음이었다.

놀라는 찰나에 주먹보다 큰 모닝빵이 세 개나 들어있는 바구니와 계란프라이 한 접시가 또 등장했다. 이렇게나 많이? 붉은 차이 티와 함께 오늘 나온 모닝빵을 손으로 뜯어먹었다. 부드러운 식감에 또 한 번 감동하고 열심히 꿀과 잼을 발라 먹었다. 호스텔 조식을 이렇게까지 다양한 음식으로 풍족하게 먹은 건 여행 인생에 처음이었다. 점심을 늦게 먹어도 될만한 양이었다. 호텔 조식이 부럽지 않은 구성이었다. 치즈도 올리브도 소스도 모두 여러 종류인 게 신기했다. 하지만 그게 튀르키예 문화일 줄은 카파도키아를 떠나기 전까지도 몰랐다. 그저 호스텔을 잘 골랐다고 생각했다.

그런데 두 번째 도시였던 이스탄불의 호스텔에서도 흡사한 구성으로 조식이 나오는 거다. 부메랑 모양의 에크맥을 작은 바게트 한 개 정도의 양으로 수북이 썰어 한 바구니 갖다 주셨다. 그 뒤에는 카파도키아 호스텔과 동일한 사이즈의 흰색 접시에 오이와 토마토, 세 종류의 치즈, 올리브, 소시지, 꿀, 버터가 담겨 나왔다. 여기에 파운드케이크와 튀르키예식 부침개 그리고 계란프라이까지.

더하면 더했지 결코 이전의 호스텔에 뒤처지지 않는 푸짐함이었다. 그때부터 궁금했다. 튀르키예 사람들의 조식은 매일 이런 걸까? 조식 구성도 법으로 정해져 있나? 종교와 관련이 있는 건가?

찾아보니 튀르키예는 아침식사에 진심을 넘어 '찐'심이었다. 전통 조식 문화가 있었다. 이름은 '카흐발트Kahvalti'. 카흐발트 전문 식당이 있을 정도로 튀르키예 현지인들에게 조식은 아주 중요한 루틴이자 의식이다. 때로는 아침부터 집에 손님을 초대해 같이 먹기도 한다고. 이보다 조식 문화가 화려하고 또 활발한 곳이 있을까. 카흐

발트는 '커피를 마시기 전에 먹는 음식'이라는 뜻이다. 커피보다도 식사가 더 중요한 문화가 조식 예찬론자로서 마음에 들었다. 빵에 발라 먹는 소스와 치즈, 그리고 올리브를 무조건 두 종류 이상을 두는 정성 어린 상차림은 이들이 하루의 시작을 어떻게 대하는지 짐작하게 했다.

조식 문화를 알게 된 뒤로 2인용 테이블 위에 가득 채워지는 튀르키예 한정 모닝 세트가 감사해졌다. 식사할 때마다 하나하나 맛을 느끼려고 노력하는 게 정성에 대한 유일한 보답이었다. 배불러도 항상 점심값을 아끼려는 사람처럼 비웠다.

튀르키예는 자국에서 나는 농산물로 자국민 모두의 식사를 감당할 수 있는 식량자급률 100%의 나라다. 고대 그리스 로마 시대 때부터 곡창지대였던 만큼 과일, 채소, 곡물 등 모든 종류에서 어마어마한 생산량을 자랑하는 나라다. 풍부한 식재료 덕분에 매일 아침 풍성한 식탁을 차릴 수 있는 것은 어찌 보면 당연한 일인지도 모른다. 식량 부자인 나라는 자국을 방문한 여행자의 아침도 풍요롭게 대한다. 그 덕분에 내 기억 속 튀르키예는 '조식의 나라'다.

튀르키예의 전통 아침 식사,
카흐발트 주요 구성

- 빵류: 시미트(참깨빵), 피데(튀르키예식 납작한 빵), 에크멕(튀르키예식 기본 빵) 등

- 치즈: 페타 치즈, 카이막, 꾸르트, 텔 치즈 등

- 잼과 꿀: 무화과 잼, 밤 잼, 오렌지 잼, 꿀

- 채소: 신선한 토마토, 오이, 풋고추, 피망 등

- 다양한 올리브

- 계란 요리: 삶은 계란, 계란후라이, 토마토를 넣은 계란 요리

- 버터와 크림: 빵과 함께 즐기는 유제품

- 수죽(튀르키예식 소시지)

- 허브류: 파슬리, 딜 등

- 튀르키예 홍차

갔어도
다시 한번

크리스마스 마켓 가게

다 아는 때는
오지 않는다

"제주 한 달 여행을 갔던 게 2017년 여름이다. 그때 생각한 경계 없이 사는 삶은 먼 이야기였는데. 6년 하고도 반쯤 더 지난 지금 이렇게 지구를 여행하고 있다는 게 문득 신기하다. 여행으로 인생을 만들어가는 게 목표이자 꿈이라고 말한 대로 진짜 그렇게 살고 있다. 말은 씨가 된다."

마드리드에 도착한 지 3일 차, 호스텔 이층침대에서 쓴 일기에는 바라던 꿈을 이루고 있다는 걸 체감한 서른 한 살의 여행자가 있다. 마드리드에서 과거를 돌아보고 이런 일기를 쓸 수 있었던 건 마드리드가 두 번째였기 때문이다. 같은 지역을 여러 번 방문할 때만 느낄 수 있는 감정이 있다. 뒤를 돌아 걸어온 길을 바라보는 것 같은.

'아, 저 스타벅스에서 동생이랑 음료를 마셨지.'

'맞다, 궁전 딱 이 모습이었어. 여기서 사진을 찍었지.'

'이거랑 똑같은 구도로 지난 번에 찍었는데 또 이러고 있네.'

2017년에는 사진만 찍고 지나가 컴퓨터 폴더에 흔적만 남은 젤리 가게. 이번에는 가게 안으로 들어가 신중하게 젤리를 골라 담았다. 100g에 3유로라는데 감이 오지 않아서 소심하게 어쩌다 한 개씩 집어 들었다. 그랬더니 100g에 한참 못 미친 껌만큼 가벼운 무게가 나왔다. 2유로짜리 젤리 봉투를 들고 나오며 젤리 가게에 대한 추억을 업데이트했다. 어찌나 즐겁던지. 젤리를 충분히 좋아할 어린

이들보다 내가 더 입꼬리를 바짝 올리고 있었을 거다.

모두가 바르셀로나 혹은 인근의 관광도시를 외칠 때, 혼자 마드리드를 좋아한다고 말했다. 다녀온 지인들은 특이하게 생각하는 눈치였지만, 날씨 운이 많이 따라준 덕분인지 마드리드의 공간감을 유독 생생하게 추억하고 있었다. 마드리드 왕궁이 있는 바일렌 거리에서 본 신기함을 넘어 기이했던 일몰, 콜럼버스의 탑 맞은편의 항구 벤치에 앉아 본 야경 등 선선한 바람을 맞으며 적당히 북적이는 소리를 배경 음악 삼아 봤던 풍경들을 떠올리면 기분이 아련해졌다. 언제나 아껴주고 싶은 곳이었다.

한 가지 아쉬운 게 있다면 프라도 미술관을 도슨트 없이 가서 작품이 하나도 기억나지 않는다는 점이었다. 당시에는 미술이 관심사도 아니어서 더욱더 남는 게 없었다. 유일하게 기억하는 건 갈색 건물이었다는 점과 발바닥이 아플 정도로 전시실이 많았다는 점뿐.

그 허탈한 아쉬움 또한 업데이트했다. 마드리드 3일 차 오후 2시 30분에 미리 예약했던 프라도 미술관 도슨트를 들으러 갔다. 프라도 미술관에서 도보로 10여 분 거리에 있는 레이나 소피아 미술관까지 함께 해설을 들을 수 있는 도슨트였다.

그런데 신청한 사람이 나 혼자라는 거다. 그렇게 프라이빗 도슨트를 듣게 됐다. 사실 처음 혼자라는 소식을 들었을 때는 '어색하면 어쩌지' 하고 내향인다운 걱정을 했다. 나만 보고 말씀하실 텐데 도슨트 듣는 동안 어떤 표정으로 반응해야 하나 걱정됐던 거다.

그러나 2017년과 달리 2023년의 마드리드 여행자는 미술에 지대한 관심이 있어 작품과 설명에 집중하느라 어색함을 느끼지 못했다. 작품을 실제로 볼 때마다 혼자 감격해서 아마 선생님께서 당황스러우셨을 것 같다. "프라도 미술관에도 모나리자가 있었다니!" 이런 종류의 반응을 도슨트를 듣는 내내 보였으니.

도슨트로 접한 작품 중 프란시스코 데 고야Francisco de Goya 작품이 가장 많았다. 일대기가 비운을 향해 가는 작가답게 초반의 작품과 삶의 말에 그린 작품 색감이 흑과 백 수준으로 달라서 놀라웠다. 이렇게까지 달라질 수가 있는 건가? 동화에서 지옥으로 변화되는 것 같았다. 한쪽 귀를 잃은 작가의 삶이 작품에 그대로 녹아 있었다.

호아킨 소로야Joaquín Sorolla의 작품은 이때 처음 접했다. 따뜻한 색채와 선보다 면으로 테두리를 그린 것 같은 작품에 매료되어 쉬는 시간에 기념품 샵에서 엽서를 구입했다. 그때는 유명한 작품들만 찾아다니고도 발바닥이 아프다면서 쉬다가 나왔는데, 나도 많이 변했구나. 엽서가 담긴 봉투를 들고 도슨트 선생님께 가면서 새삼 나 자신이 신기하다고 생각했다.

레이나 소피아 미술관은 첫 번째 여행 때는 가지 않았던(존재조차 몰랐다) 미술관이었다. 마드리드 또 안 왔으면 어쩔 뻔했나. 2023년 마드리드에서 가장 큰 충격을 받은 곳이 레이나 소피아 미술관이었다. 미술관에 파블로 피카소Pablo Picasso의 대표작 〈게르니카Guernica〉가 있었다! 책에서 본 것보다 훨씬 가로로 넓은 작품이었다. 전시장 공간의 한 면을 길게 가득 채우고 있을 정도로. 장날에 떨어진 폭탄에 절규하고 도망가는 마을 사람들의 모습이 적나라했다. 전쟁의 공포와 그 속에서도 엿보이는 희망은 입을 다물 수 없게 했다. 위대한 작품을 실제로 본 순간을 꼭 기억하고 싶어 마찬가지로 엽서를 구입했다.

스페인으로 여행을 왔다가 너무 좋아서 아예 살게 됐다는 도슨트 선생님의 히스토리도 작품들 못지않게 큰 울림을 줬다. 여행을 다녀왔는데 자꾸 생각나고 그리워 '아, 거기에서 살아야겠다' 결심한다는 게 말은 간단하지만, 아무나 할 수 있는 행동이 아니라서. 그 선택을 옳게 만들기 위해 현실적인 기반을 닦아온 과정이 녹록지 않았을 거라 짐작돼서 마음이 징을 친 것처럼 울렸다. 말씀하신 어투로 봤을 때 그 선택을 옳게 만드신 것 같다. 용감하게 삶을 내 방식대로 개척하는 사람들을 만날 때면 눈물이 차오를 정도로 큰

마드리드 솔 광장에서 펼쳐진 시청 건물을 활용한 라이트 쇼

감동을 느낀다. 그 감동에는 존경하는 마음이 담겨있다.

나 또한 마드리드에 다시 가겠다는 선택을 옳게 만들고 있었다.

특히 마드리드 솔 광장부터 마요르 광장까지 크리스마스 장식이 가

득했던 저녁의 풍경을 보고 확신했다. 마드리드는 역시 수도다. 크

리스마스 트리와 장식, 마요르 광장의 크리스마스 마켓까지 모든 게 거대했다. 운 좋게 마요르 광장 시청 건물에서 펼쳐지는 라이트 쇼도 시간 맞춰 볼 수 있었다(라이트 쇼가 있는 줄도 몰랐다). 시청 건물의 네모난 창문들에 조명을 달아 음악에 맞춰 색상을 바꾸고 꺼졌다 켜지는 방식이 창의적이었다. 평범한 시청 건물로도 이렇게 사람들을 감동시킬 수 있구나. 스페인 바르셀로나에 카사바트요 매직나이트가 있다면 마드리드는 시청 라이트 쇼다.

이 밖에도 빈티지 플리마켓과 프라이마크PRIMARK 쇼핑센터 등 다 아는 줄 알았지만 한참 몰랐다고 깨닫게 하는 새로운 장소들을 계속해서 만났다. 모든 순간, 적당히 익숙했고 또 적당히 낯설었다. 그 균형이 주는 안정감이 호스텔 맞은편에 있는 스타벅스에서 따뜻한 말차라테를 마실 때의 기분과 같았다. 안온했다.

새로 갈 곳도 많은데 갔던 곳을 꼭 가야 할까, 선택 앞에서 잠시 주저할 때가 있다. 시간과 돈은 한정되어 있는데 새로운 곳을 가는 게 더 이득이지 않을까. 하지만 끝끝내 재방문하는 선택을 할 때마다 착각을 넘어 오만이었다는 걸 꾸준히 배운다. 두 번을 여행했어도 난 여전히 마드리드를 모른다. 세 번째 여행을 다녀와도 마찬가지일 거다. 잘 모르지만 관심으로 만든 시선으로 마음껏 좋아할 뿐이다. 그리고 그게 여행자가 세상을 대하는 태도라고 생각한다. 겸

옷이 산처럼 쌓인 마드리드의 한 플리마켓

손할 것. 다 아는 것처럼 세상 앞에 으스대지 말 것.

마드리드 여행을 마무리하고 그라나다로 이동하는 날, 미술관

도슨트 선생님이 문득 떠올랐다. 선생님은 여행으로 왔을 때는 바

르셀로나가 좋았는데, 지금은 마드리드가 마음에 든다고 말씀하셨다. 거기에 지금 반응을 보인다면, "저는 이전에도 지금도 마드리드가 가장 마음에 들어요."

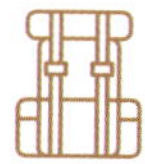

마드리드를 사랑하게 될
여행지들

* **마드리드 플리마켓**: 의류, 빈티지 소품, 가방 등 온갖 제품이 다 있는 규모 있는 플리마켓입니다.

* **레티로 공원**Parque de El Retiro: 왕실의 정원이었던 정원. 현지인들이 자주 찾는 공원인 만큼 아침부터 서정적인 풍경을 발견할 수 있어요.

* **레이나 소피아 미술관**Museo Nacional Centro de Arte Reina Sofía: 피카소의 〈게르니카〉를 비롯한 20세기 스페인 현대미술 걸작들을 볼 수 있는 국립 미술관입니다.

싱가포르
창이 공항의
주얼 창이 폭포

자연과 공존하는 법을
가장 잘 아는 도시

수박을 반으로 뚝 자르듯 취향을 고작 이분법으로 구분하고 싶지는 않지만, 여행 경험을 토대로 생각한다면 자연보다 도시에 더 흥미로운 시선을 두는 것 같다. 볼거리가 많은 곳을 좋아한다. 가게를 구경하거나 박물관, 미술관과 같은 문화 공간에서 사색하는 시간 속에 있을 때 이런 삶을 살고 있음에 감사하다. 뚜벅뚜벅 걸으면서 도시 전체적인 모양과 분위기를 알아가는 것 또한 반가운 미션이다. 세상에 같은 도시는 없다는 걸 여행을 다닐수록 체감한다.

도시에는 여러 유형이 있다. 경제 성장과 함께 하나 둘 건물이 들어서고 있는 개발 도시, 과거가 고스란히 드러나는 역사 도시, 정부 혹은 지자체의 주도하에 만들어진 계획 도시 등 모두 번화하지만 들여다보면 결코 같지 않다. 도시마다 각기 다른 논리와 문화 역사로 지금에 이르렀다. 여행하면서 그 뾰족한 특징들을 알아간다. 내가 생각하는 도시 여행의 매력이다. 그 매력을 처음 깨달은 순간을 돌이켜보면 2015년, 생애 네 번째 해외여행에 있다.

무슨 바람이 불었는지 두 번째 나홀로 해외여행지로 싱가포르를 택했다. 아마 대중교통 인프라가 좋아서 용기를 내지 않았을까 짐작해본다. 여행의 동기는 잘 기억나지 않지만, 내용은 당시에 받은 충격만큼 선명하다. 생각했던 동남아의 모습이 아니었기 때문이다.

배를 떠받치고 있는 마리나 베이 샌즈 호텔의 거대함. 당시 아시아 밖으로 벗어나본 적이 없던 내게 신기하기만 했던 클라크 키의 이국적인 분위기(서양인들이 굉장히 많았다). 거리에 들어설 때마다 정말 그 나라에 온 것 같은 낯선 기분이 들었던 아랍스트리트와 리틀 인디아 거리. 스스로 속도를 조절해서 내려가는 적당한 스릴이 자꾸 타고 싶게 만들었던 카트 루지. SF 소설 속 세상을 보는 것 같았던 가든스 바이 더 베이의 트리 쇼. 은연중에 내렸던 도시의 정의가 걸음 수에 비례해 부서졌다. 구조물의 모양에는 한계가 없고 이 또한 예술의 영역이라는 생각도 이때 각인됐다. 건축에 관심을 가지게 된 첫 순간이었다.

언젠가 또 오고 싶다는 생각을 마지막으로 첫 싱가포르 여행을 마무리했다. 마지막 날의 바람을 8년 만에 이루기로 했다. 싱가포르는 변했다. 2년만 더 늦게 왔으면 강산도 변했을까. 새로운 요소들이 추가됐다. 마치 도시 설계 게임에서 빈 땅에 도로를 깔고 건물을 세우고 녹지공간을 만드는 것처럼 싱가포르는 자리를 비운 동안 더 나은 방향을 모색했다.

금융 중심지에 위치한 초고층 빌딩 캐피타 스프링은 싱가포르의 자연친화주의를 압축한 명소다. 조경 면적이 부지 면적의 140%를 넘긴 이 오피스 건물은 외관 곳곳이 식물로 가득했다. 마치 넝쿨

캐피타 스프링 건물 위에서 본 마리나 베이 샌즈 호텔

식물이 건물을 칭칭 감고 있는 것처럼 보였다. 오피스 건물이라 대
부분 층이 외부인 출입 금지지만, 건물 17층부터 21층까지 조성되어
있는 테라스 정원과 51층부터 52층에 있는 공중 정원은 예외로 여

행자들도 이용할 수 있다. 때문에 해당 층으로 올라가는 엘리베이터는 항시 바쁘다.

엘리베이터 대기줄에 합류해 정원으로 올라가니 외관만큼이나 초록색 식물들이 한가득이었다. 계단 없이도 층을 오르내릴 수 있도록 지그재그 혹은 빙빙 도는 형태로 길을 만든 스카이가든에는 열대 식물들이 화단 가득 자리하고 있었다. 식물원에 온 것 같은 풍성함이었다. 그 식물들이 없었으면 한국에서도 흔히 볼 수 있는 건물 옥상의 모습이었을 텐데. 자연과 함께하는 방법을 고민한 덕에 여행자들의 발길이 매일 끊이지 않는 공간이 됐다.

마침 건물 위치도 마리나 베이 샌즈 호텔을 포함한 전경을 눈에 담을 수 있었다. 전망을 시원하게 내려다보기에는 안전을 위한 벽이 둘러져 있어 틈으로 봐야 했지만, 무료 전망대 역할은 톡톡히 하고 있었다. 도시와 자연이 공존하는 싱가포르를 설명하는 대표적인 예가 될만한 곳이었다. 건물에서 근무하는 직장인들에게는 실용적인 복지 중 하나로 받아들여지지 않을까?

비슷한 감동은 클라우드 포레스트에서도 이어졌다. 돔 형태의 유리 건물 안으로 들어가자마자 고개를 들게 만드는 인공 폭포가 눈앞에 펼쳐졌다. 이렇게 거대하고 높은 폭포가 진짜 사람이 만든 폭포라고? 기술의 결과물이라고 하기에는 크로아티아 플리트비체

클라우드 포레스트 내부에서 내려다본 보행로

국립공원에서 본 폭포의 모양새와 크게 다르지 않았다. 다이빙하듯 떨어지는 물줄기는 사람들의 시선을 붙잡았다. 인공산을 오르고 또 내려오는 동안 본 모든 구도는 자연이라고도 도시라고도 규정할 수 없었다. 그 모호함이 싱가포르를 잘 보여주고 있었다.

시력이 좋아지는 것 같은 편안한 시야를 쭉 유지하다 여행 마지막 날에도 초록 세상을 만났다. 그것도 곧 출국하는 공항에서. 창이 공항 또한 자연 친화적인 공항을 콘셉트로 하고 있었다. 때문에 공항 곳곳에서 야자수와 같은 식물들과 연못을 볼 수 있는데 하이라이트는 세계에서 가장 높은 실내 인공 폭포인 '주얼 창이 폭포'다.

실제 명칭은 'HSBC 레인 보텍스'지만 우리나라에는 주얼 창이 폭포로 잘 알려져 있다. 2019년 4월에 개장해 두 번째 여행에서 처음 본 우렁찬 모습은 정글 한가운데에서 진짜 폭포를 발견한 것 같았다. 그 웅장함은 대성당 안에 들어갔을 때와 같았다. 분명 인공 폭포인데 사람의 손을 탄 것 같지 않은 자연스러움. 클라우드 포레스트에서 본 폭포의 확장판이었다. 세계 최고 높이라서 그렇게 느껴지는 걸까. 120종의 식물, 2,500그루의 나무, 10만 개의 관목 덕분일까. 40m 높이의 원형의 유리 철골구조에서 떨어지는 물줄기는 중력의 힘을 육안으로 보는 듯했다. 낙하의 예술이었다.

첫눈이 내렸다는 뉴스 기사가 올라와도 직접 본 눈꽃송이가 첫

싱가포르의 휴양지 센토사 섬의 일몰 전 해변 풍경

눈이듯, 안 가본 곳이 훨씬 많고 진실은 알 수 없지만, 뻔뻔하게 우
겨본다. 싱가포르는 자연과 도시가 공존하는 법을 지구상에서 가
장 잘 아는 도시다.

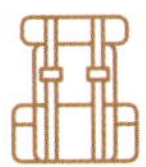

자연과 함께 숨쉬는
싱가포르 여행지 추천

* **캐피타 스프링**Capita Spring **스카이가든**: 고층 빌딩에서 만나는 이색 정원이에요. 51층에서 싱가포르 스카이라인을 볼 수 있습니다. 17층부터 21층까지 있는 정원은 여행 중 만나는 휴식처입니다. 휴대폰을 충전할 수 있는 콘센트가 있는 의자들이 여러 개 있습니다.

* **보타닉 가든**Singapore Botanic Gardens: 유네스코 세계문화유산에 등재된 열대 식물이 가득한 정원. 싱가포르 곳곳에서 봤던 색감들이 모두 모여 있는 싱가포르의 팔레트입니다.

* **클라우드 포레스트**Cloud Forest: 인공 산과 폭포가 어우러진 실내 정원입니다. 영화 〈아바타〉와 같은 신비로운 분위기를 즐길 수 있습니다.

* **주얼 창이**HSBC Rain Vortex: 거대한 실내 폭포를 중심으로 한 쇼핑몰입니다. 공항과 연결되어 있어 처음 혹은 마지막 일정으로 가는 것을 추천해요!

영화 〈아바타〉의 모티브가 된
크로아티아 플리트비체 국립공원

9년 만에
이룬 소원

학창 시절 쉬는 시간에 달팽이 놀이, 말뚝박기를 같이 했던 단짝 친구가 있었다. 학교에서 같이 노는 것만으로는 부족해서 방과 후 공부도 같이 하고, 각자의 동생들도 친구 하게 해주자고 작당모의(?)를 했던 친구였다. 중학교에 올라갈 무렵, 그 친구가 다른 지역으로 이사를 갔다. 어디로 가는지 물어봤으면 우정을 이어가는 데에 도움이 됐으려나. 멀어진 거리만큼 서로가 서로에게 먼 추억이 되었다. 연락은 자연스레 끊겼고 그렇게 7년이 흘렀다.

점도가 높았던 우정은 일어날 거라 생각지 않았던 일도 일어나게 만든다. 7년 만에 연락이 닿은 것이다. 친구가 먼저 찾았는지 내가 먼저 찾았는지 과정에 대해서는 둘 다 정확히 기억하지 못하지만, 친구도 나도 굳이 따지지 않았다. 누가 먼저 나섰는지는 중요치 않았다. 서로를 기억하고 있었고 다시 만나는 것에 불편해하지 않았다는 사실만으로 충분했다.

여전히 사는 곳이 멀었지만 중간에서 만나며 끊겼던 필름을 이어 나갔다. 그 필름 안에 크로아티아 여행을 넣었다. 첫 유럽 여행을 7년 만에 만난 친구와 함께 했다. 대뜸 크로아티아를 가자고 제안했는데, 마음이 넓은 친구는 크로아티아에 대해 전혀 생각해본 적이 없었음에도 흔쾌히 고개를 끄덕였다. 친구는 옷 색깔을 맞추자며 여행 전부터 우정 여행 콘셉트를 견고하게 했다. 옷 색깔을 맞춰 입고 여행한 건 이 여행이 처음이었고, 이후로도 누군가와 똑같은 아이템을 착용하고 여행을 떠난 적이 없다. 성격상 마지막이지 않을까.

자그레브 거리에서 건물만 봐도 마음이 빙글빙글 도는 기분이었다. 세상에 유럽이라니, 유럽이라니! 들뜬 마음은 친구도 마찬가지였는지 옆에서 연신 인증샷을 남겼다. 이렇게 사진 찍는 걸 좋아하는 친구인 줄 처음 알았다.

크로아티아 여행의 하이라이트는 플리트비체 국립공원Plitvička jezera이었다. 플리트비체는 영화 〈아바타〉의 모티브가 된 국립공원이다. 실제로 울창한 숲과 폭포들이 영화의 배경지를 닮았다. '이런 곳이 지구상에 존재했다니!' 놀라움 하나를 마지막으로 사고회로를 멈추게 하는 규모와 풍경을 지닌 곳이었다. 크고 작은 폭포, 개울, 호수에서는 터키석에서나 볼 수 있는 영롱한 빛이 흐르고 있었다. 울창한 나무들은 보석이 흐르는 숲 곳곳에 꼼꼼히 자리 잡았다. 부지런한 생명력이 느껴지는 대자연의 현장 속에서 할 수 있는 건 "우아…" 길게 늘어진 감탄뿐이었다.

2017년의 플리트비체는 풍경 외에도 생각의 틀을 넘어서는 곳이었다. 추억으로 끝났다고 생각했던 친구를 다시 만나 이곳에 왔으니. 판타지 영화 속 세상이라고 단정했던 곳이 현실에 존재하니. '여기까지'라고 생각했던 것들이 끝이 아닐 수 있구나 생각하고 있

터키석이 떠오르는 영롱한 물결

는데 옆에 있던 친구가 말했다.

"우리 여기 엄마도 꼭 데리고 오자."

"응! 무조건."

둘만 보기에는 아까운 곳이었다. 국립공원을 걸으면서 한동안 엄마를 모시고 어떻게 여행할 건지 김칫국을 마시면서 새로운 가능성을 만들었다.

시간이 흘러 2024년. 서른두 살이 됐다. 첫 유럽여행에 눈을 어디에 둬야 할지 모르겠다며 모든 걸 신기하게 바라보던 스물다섯 살은 세계여행자가 됐다. 크로아티아 바로 전이었던 이탈리아에 막 도착했을 때, 한국에 있는 엄마에게 메시지를 보냈다.

"유럽에 있을 때 한 번 온다면서요. 언제 올려?"

다음 여행지가 크로아티아라 이왕이면 그때 함께했으면 좋겠다고 엄마에게 넌지시 영업했다. 여행하면서 드문드문 친구와 한 약속이 떠올랐기 때문이다. 그 약속은 여행 중에 했던 다른 생각들에 비해 꾸준히 선명하게 남았다. 엄마와 다른 나라를 함께 여행해도 개운하지 않은 건 그 약속이 계속 미실행인 채 남아있었기 때문이다. '언젠가'를 실행할 흔치 않은 기회라고 생각했다. 그렇게 엄마와 동생과 크로아티아에서 만나기로 확정 땅땅. 로마에 있는 마지막 날, 동생이 크로아티아행 항공권을 결제했다고 알려왔다. 9년 만에 진짜 엄마와 플리트비체를 가게 됐다. 크로아티아 날씨가 제발 맑기를 이탈리아에 있는 내내 바랐다.

이탈리아 여행을 마치고 이른 새벽에 크로아티아 자그레브행 버스를 탔다. 6시간을 달려 도착한 크로아티아. 파란색 트램이 반가웠다. 달라진 건 일일이 티켓을 가판대에서 구입하지 않아도 휴대폰으로 결제하고 탈 수 있는 앱이 생겼다는 것 하나뿐이었다. 트램 창밖으로 보이는 구시가지 건물들이 모두 9년 전, 친구와 호기심 어린 눈으로 바라봤던 모습 그대로였다. 안심됐다.

예약했던 자그레브 숙소에 체크인하고 가장 먼저 간 곳은 근처 마트였다. 긴 비행 끝에 올 엄마와 동생이 먹을 만한 과일과 간식 그리고 물을 사서 냉장고에 채웠다. 캐리어 안에서 새 옷인 척 고이 개어져 있었던 빨래들을 캐리어에서 꺼내 세탁기에 넣고 돌렸다. 자그레브 공항으로 마중 나갈 시간이 타이밍 좋게 찾아왔다.

연락을 자주해서 그런지 생각처럼 '꺼이꺼이' 극적 재회 같은 장면은 없었다. 서로 어제 본 것처럼 익숙하다고 재잘대면서 함께 숙소로 왔다. 그동안 여행했던 나라에서 조금씩 산 선물들을 전달하며 크로아티아에서의 첫날을 보냈다.

플리트비체는 자그레브에서 당일치기로 다녀왔다. 자그레브에서 버스로 약 2시간 5분. 이른 아침에 일어나 오전 7시 30분 버스를 탔다. 플리트비체는 아침과 낮의 분위기가 다르기도 하고, 트레킹 시간이 최소 4~5시간이라 체력을 감안할 때 아침 일찍 출발해서 낮에는 자그레브로 돌아가 쉬는 것이 좋겠다고 결론 내렸다.

9년 전과 같은 코스로 가족들을 인도했다. 그리고 내가 첫 장면에서 그렇게까지 놀랐던 게 유난이 아니었다는 걸 확인할 수 있었다. 엄마와 동생도 자연이 만든 걸작 앞에서 한참을 감탄했다. 말을 아끼고 풍경을 가만히 보는 가족들은 9년 전 내가 그랬듯 비현실 같은 현실에 적응하고 있었다. 그 모습을 등 뒤에서 바라보며 나 또한 꿈 같은 현실에 적응해야 했다.

진짜 엄마랑 플리트비체를 오다니. 이게 무슨 일이지. 엄마는 내가 두 번째여서 엄청 놀랍지 않겠다고 했지만, 나는 애초에 우선순위가 달랐다. 플리트비체를 다시 보는 것보다 엄마한테도 이 세상을 보여주고 싶은 마음이 더 컸다. 2024년, 두 번째 플리트비체의 첫 풍경은 감동받은 엄마의 뒷모습이었다.

플리트비체는 여전히 비밀의 숲이었다. 터키색을 닮은 물빛과 연잎색이 그대로였고 협곡 사이로 크고 작은 폭포들이 쏟아지고 있었다. 폭포에서 떨어진 물줄기는 계단식 호수를 이뤘다. 자연의 모든 요소가 유기적인 관계를 맺으며 살아가는 생태계였다. 이런 곳에 살고 있는 물고기들은 '행운어漁'다. 모든 구역이 다 예쁘다며 걷는 내내 플리트비체의 아름다움에 "우아"를 내뱉는 가족들과 함께 걷고 있는 나 또한 큰 행운 속에 걷고 있었다.

이탈리아에서 내내 바랐던 마음이 숲에 닿았던 모양이다. 아침에는 구름이 많더니 걷는 중에 자리를 싹 비켜줘 햇빛이 가득한 풍

플리트비체 국립공원 트레킹의 C코스 출발 지점에서 볼 수 있는 하이라이트 풍경

경을 실컷 볼 수 있었다. 햇살이 물결 위를 부드럽게 어루만질 때마다 반짝이는 윤슬이 일렁였다. 연청색 하늘이 많이 보일수록 숲의 색도 선명해졌다. 그만큼 떨어지는 폭포와 호수의 움직임도 더 입체적으로 보였다. 깨끗하고 청량했다. 바람이 지나가면 떨어지는 물줄기가 앞으로 날아와 안개 미스트처럼 머리와 얼굴에 떨어졌다. 플리트비체의 생명력을 온몸으로 경험할 수 있었던 시간이었다. 트레킹 코스는 출발한 지 약 4시간이 흘러 엄마가 슬슬 힘들어할 때쯤 끝났다. 야호! 끝까지 완벽해! 원점회귀를 돕는 열차를 타고 첫 풍경을 다시 한번 본 뒤, 자그레브로 돌아가는 버스를 탔다.

돌아가는 길에 해외에서 커리어를 쌓고 있는 친구에게 메신저를 보냈다. 플리트비체를 진짜 엄마랑 왔다며 신기해서 연락했다고. 친구는 좋아하는 여행을 지속하고 있는 내가 멋있다며 안전한 가족 여행을 빌어줬다.

플리트비체는 시간이 아무리 오래 걸리더라도 계속 잊지 않고 마음에 담아둔다면 언제라도 이뤄질 수 있다는 걸 확인시켜준 장소다. 해보겠다고 움직이면 결국에는 다 할 수 있는 일이다. 7년 그리고 9년. 시간이 쌓이고 다시 흐르며 또 다른 기억이 되는 장소다. 끊임없이 흐르는 숲 속의 물줄기처럼 앞으로도 그럴 거다. 다시 찾을 때마다 새로운 시간과 이야기가 덧입혀지는 곳.

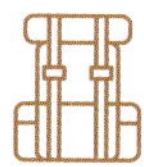

도시파 여행자가 사랑하는 대자연 여행지, 플리트비체 국립공원

* 사전에 공식사이트(https://ticketing.np-plitvicka-jezera.hr)에서 입장시간 사전 예약과 티켓 구입을 추천합니다.

* 자그레브에서 당일치기도 가능하고, 자다르·스플리트로 이동하는 중간에 여행하는 방법도 있어요.

* 당일치기로 여행할 경우, 버스 잔여석이 있는지 확인한 뒤에 플리트비체 국립공원 입장권을 구입합니다.

* 트레킹 코스 종류가 많습니다. 가장 인기있는 코스는 H코스와 C코스로, C코스는 하이라이트를 먼저, H코스는 하이라이트를 나중에 본다는 차이점이 있습니다.

상하이 와이탄
거리의 야경

고생의
미학

2018년 상하이 출장으로 중국을 처음 가봤다. 와이탄의 금빛 야경을 보고는 그동안 상상했던 중국의 이미지를 와장창 깨서 쓰레기통에 넣었다. 낮에는 고풍스럽고 현대적이고 때로는 미래적인 건축미에 감탄했고, 해가 진 뒤에는 진한 금빛으로 빛나는 외관에 넋을 잃었다. 독창적인 중국 도심을 제대로 경험한 시간이었다. '언젠가 여행으로 다시 와야지' 다짐을 그대로 유지하다가 2025년, 상하이 푸둥 공항으로 다시 한번 날아갔다. 드디어 여행이었다.

중국이 2024년 11월부터 2025년 12월까지 한시적 무비자를 시행하면서 오랜 다짐을 행동으로 옮겼다. 비자 여부가 이렇게 중요하구나, 생각하면서 만석인 비행기에 올라탔다(실제로 여행하는 동안 곳곳에서 한국어가 들렸다). 미리 알아봤던 셀프 지문 등록도 척척 해내고 입국 심사대에 줄을 섰다. 질문을 받지 않고 무난히 들어가는 앞사람들을 보면서 안심하다가 "온 목적이 뭐냐" "상하이에만 있느냐"라는 질문을 받은 건 변수 많은 여행이 될 거라는 예고편이었을지도 모른다.

중국은 주문, 결제 대중교통 이용 등 소비 생활과 관련된 모든 것들을 위챗페이와 알리페이 두 개의 앱으로 해결한다. 한국처럼 스마트폰을 대중적으로 사용하는 정도가 아니라 페이 앱을 설치하지 않으면 여행이 어렵다. 현금을 많이 보유하고 있지 않고 카드는 더욱이 쓰지 않는다. 심지어 거리의 노점상도 모두 QR코드를 내밀었다. 가게에 계산해주는 직원이 없는 곳도 있었다. 이처럼 중국은 앱으로 스캔해서 주문하고 결제하고 대중교통까지 이용하는 게 사실상 공식에 가까운 나라다. 한국보다 보조배터리 대여 기기가 흔한 건 스마트폰이 일상에서 얼마나 많은 역할을 담당하는지 설명하는 근거가 된다.

가장 중요한 건 당연히 두 개의 앱이다. 앱에 문제가 생기면 대중교통 이용은 물론, 가고 싶은 가게도 못 들어갈 수 있다. 그래서 더 철저하게 준비했다. 다른 여행자들의 후기를 보면서 계정도 생성하고 신분 인증 절차까지 밟았다. 혹시 몰라 결제하면 돈이 빠져나갈 카드도 두 개를 등록했다. 한 카드가 안 되면 다른 하나를 쓸 요량이었다. 이렇게 만반의 준비를 했음에도 여행 2일 차부터 계획표에 없던 일이 일어났지만.

지하철을 타려고 개찰구에서 알리페이 앱을 켰는데 계정이 정지됐다는 알림이 뜨는 거다. QR코드가 생성되지 않았다. 직전에 갔던 베이커리에서 결제가 안 돼서 가끔 나는 오류겠거니 생각했는데, 계정 정지를 당한 거였다. 위챗페이를 쓰려고 역무원께 위챗페이로 지하철 타는 방법을 여쭤봤는데 무슨 일인지 위챗페이도 QR코드가 나오지 않았다. 역무원도 모르는 눈치여서 일단 먼저 개찰구를 통과한 동생 휴대폰으로 다시 태그하고 통과했다. 중국 여행은 쉽지 않다는 걸 실감했던 30분이었다. 재심사를 요청한 알리페이가 빠르게 풀리지 않아서 위챗페이로 지하철 타는 방법을 찾아봤다. 그렇게 여행 내내 위챗페이 하나로 전 일정을 소화했다.

그 뒤에는 별일 없이 여행했느냐고 묻는다면 아직이다. 무려 휴대폰을 잃어버렸다. 함께한 동생이 지하철역 개찰구 앞에서 휴대폰을 꺼내려는데, 어라? 휴대폰이 없어진 거다! 심지어 이번에도 나만 먼저 개찰구를 통과했다. 왜 자꾸 한 명이 먼저 통과했을 때 이런 일이 벌어지는지 어지러워하면서 동생 번호로 전화를 걸었다. 다행히 한 현지인이 전화를 받았다. 운 좋게도 지금 막 들어온 출구에 있다는 답변. 급하게 개찰구 너머에서 못 들어오고 있는 동생에게 휴대폰을 건네줬다. 소통이 어려워 동생은 계속 출구 안팎을 왔다 갔다 했고 나는 그 모습을 바라볼 수밖에 없었다. 감사하게도 역무원이 휴대폰을 주워 보관 중이셨다. 짧은 신분 정보 기재 후 되찾을 수 있었다.

상하이 여행에서만 이랬던 게 아니다. 정도의 차이만 있을 뿐 지금까지 어떤 여행도 순조로웠던 적은 없었다. 숙소 가는 길, 여행 코스, 맛집 리스트, 예상 소요 시간, 여행지 간략 소개까지 적어 가는 계획형 여행자여도 현지만 가면 꼭 변수가 생겼다. 당일에 휴무라거나, 기다리던 버스가 너무 안 온다거나, 현금만 받거나, 카드가 자꾸 결제 실패를 외치거나. 노트북을 분실하기도 했다. 이 외에도 생각한 적 없는 별별 상황들이 여정만 시작하면 찾아왔다. 마치 그저 웃고 있는 행복한 여행자 등 뒤에서 '어흥' 놀라게 할 작정이라도 하고 서있는 것처럼.

여행 초반에는 그런 상황이 올 때마다 우울했고 또 속상했다. 때때로 무서웠다. 계획대로 되지 않는 건 곧 실패라고 생각했다. 여행조차도 100점이어야 한다는 완벽주의를 지니고 다니는 건 스스로를 갉아먹는 일이었다. 경험주의자답게 그럴 필요가 없다는 것도 숱한 여행을 경험하면서 습득했다. 여행도 인생의 일부라 언제나 바라는 대로 흘러가지 않는다. 계획해온 게 무색해지는 빈틈도, 상상한 적도 없어서 당황스러운 순간도, 제발 오지 않기를 기도했던 상황도 기어코 찾아온다.

그렇다고 그 시점을 계속 곱씹으며 아쉬워하는 건 무의미하더라. 여행 중에 계속 머물러 있는다고, 뒤돌아본다고 달라지는 건 없었다. 왜 안 되는 거냐며 툴툴댄다고 꼬인 여정이 풀리는 건 아니었다. 그때마다 바꿀 수 없는 것에 매달리지 말자고 다짐했다. 예상치 못했던 상황들도 기꺼이 껴안자. 그것 또한 여행의 재미다.

반복 학습의 힘이란. 2024년 상반기가 끝나갈 때부터 조금씩 변

상하이 장원 거리의 멋스러운 건물

수에 의연한 여행자가 되기 시작했다. 어차피 다 나중엔 별일 아니라며 머리 아파하고 슬퍼하는 시간은 짧게, 이후에는 해결에 집중했다. 그 이상의 좋은 일을 만들면 된다며 미래의 나를 믿었다. 좋아하는 순간들로 부정적인 감정을 덮었다.

현지 필수 앱이 말썽을 부렸고 결국 앱 하나는 끝끝내 재심사를 통과하지 못했지만, 언제 그런 일이 있었냐는 듯이 상하이 여행을 즐겼다. 숙소 근처에서 밀가루와 계란 반죽을 얇게 부쳐 안에 야채와 튀긴 반죽, 소스, 고기 등을 넣어 돌돌 말아 만든 중국 길거리 음식 '젠빙' 맛집을 발견해 여행 마지막 날 아침에 재방문했다. 한국에서 젠빙 장사를 해야 하나. 한국에서 젠빙을 만들어 팔고 있는 내 모습을 상상했을 정도로 많은 재료와 여러 식감을 골고루 갖고 있는 쫀득 바삭한 맛이었다.

한국에 돌아가면 못 먹는 것처럼 매일 밀크티 카페를 찾아 빨대를 입에 물었다. 중국은 한국보다 밀크티를 더 일상적으로 마시고 주메뉴로 여긴다. 당연히 밀크티를 전문으로 하는 카페들도 거리에서 흔히 볼 수 있다. 밀크티가 대중화된 나라의 맛이란. 밀크티에서 이런 향이 나다니 놀라게 함과 동시에 미식의 세계를 넓혀줬다. 차의 나라답게 브랜드에서 직접 블렌딩한 차로 밀크티를 만드는데, 밀크티 종류가 이렇게 다양해질 수가 있다는 게 신기했다. 모든 맛

신천지 거리 풍경

이 한국에 가면 그리워질 맛이었다.

벼르고 있었던 상하이 디즈니랜드에서는 단순해서 더 진한 행복을 누렸다. 방방 뛰는 마음으로 여러 놀이기구를 섭렵하고 폐장 전, 성을 무대로 펼쳐지는 일루미네이션 공연까지 알차게 누렸다. 성 위에서 피어나는 각양각색 불꽃들을 보고 있는 동안의 기분은 눈에 별이 박혀 반짝이는 것 같았다.

장원, 우캉루 등 갈색 벽돌들이 거리를 채우고 있는 이국적인 거리를 걸을 때면 여러 나라를 다니던 세계여행의 추억이 소환됐다. 그리고 중국의 다른 지역들도 궁금해졌다. 또 얼마나 새로운 모습을 보여줄까. 먼 미래의 여행을 계획하기에 이르렀다.

그렇게 여행 2일차 부터 벌어졌던 우당탕탕 시끄러운 사건들은 여행을 이어가면서 마음속에서 그리고 머릿속에서 몸집이 줄어들었다. 그랬었지, 허허 웃게 될 추억이 되고 있었다.

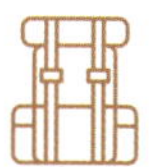

상하이 여행 전
미리 알아두면 더 편해요!

* **중국어로 숫자 발음 외우기**: 영어가 아예 통하지 않는다고 봐도 무방합니다. 그렇기 때문에 간단한 중국어를 알아둘수록 여행이 편해집니다. 특히 숫자를 알아두면 식당에서 몇 명인지 인원 수를 말할 때, 주문하면서 몇 개인지 전달할 때 유용합니다.

* **위챗페이·알리페이 계정 생성하기**: 중국은 두 개의 앱을 주 결제 수단으로 사용합니다. 카드와 현금을 받지 않는 곳이 많기 때문에 꼭 한국에서 앱을 설치 후 계정까지 생성합니다(여권 등록까지 진행해야 현지에서 당황할 일이 생기지 않습니다).

* **고덕지도 앱 설치하기**: 여느 해외여행지와 달리 중국에서는 구글 맵을 원활하게 사용할 수 없습니다. 중국 현지에서 쓰는 고덕지도 앱을 설치 후, 방문할 장소의 주소를 즐겨찾기에 등록하면 현지에서 빠르게 길을 찾을 수 있습니다. 현지 주소들은 포털사이트에 '장소명 + 고덕지도 주소'로 검색하면 확인할 수 있습니다. 이미 블로그에 다녀온 분들이 올린 주소가 많아요.

오후의 오사카
신사이바시 일대
거리 풍경

원하는 삶을
살고 있다는 확신

여행이 아닌 취재를 목적으로 출국할 때가 있다. 리조트, 맛집, 명소들을 체험하고 구석구석 콘텐츠에 포함할 사진을 찍은 뒤, 한국으로 돌아와 홍보 혹은 판매 콘텐츠를 제작하는 것이 큰 틀의 업무 과정이다. 한국에 돌아가서 후회하지 않으려면 부지런히 찍고 또 많은 정보를 알아가야 한다(출장은 여행이 아니라서 뒤늦게 필요한 사진이 부재한 걸 알게 되면 모니터 앞에서 머리를 잔뜩 쥐어 잡고 좌절할 수 있다).

때문에 출장은 언제나 출국 전부터 사전 준비로 공을 들이는데, 유독 출국 전부터 감회가 남다른 출장이 있었다. 2024년 11월, 오사카에 있는 여러 식당들을 취재하는 출장을 가게 됐다. 2015년에 여행하는 삶을 살겠다고 다짐했던 그곳을 다시 찾게 된 거다. 오소소 소름이 돋았다. 마치 과거 속으로 시간 여행을 떠나는 것 같았다.

2014년, 여행하는 삶을 살아야겠다고 오사카 어느 전망대에서 다짐했던 순간에 무슨 대단한 힘이 생겼던 건지. 다짐대로 무럭무럭 여행자의 삶을 만들고 있는 와중에 다시 찾는 초심의 현장. 꼭 여행이 아니더라도 도전할 때마다 떠올렸던 뿌듯한 기억. 잘 안 풀릴 때마다 회복할 수 있는 힘을 주는 응원. 그곳을 다시 찾았다.

오사카는 내내 청명했다. 더위가 한풀 꺾여 긴소매와 반소매가 동시에 보이는 거리 풍경이 일본 애니메이션에서 자주 본 모습이었다. 숙소에 캐리어를 두고 저녁 취재 전까지 걸으며 마주한 순간들을 카메라에 담았다. 맞은편에 보이는 편의점 외관, 개성 있는 신사이바시 거리의 가게들, 차도를 달리는 버스, 간판과 전선들이 얽혀 있는 골목길 등 가이드북에는 실리지 않지만 나에게는 오사카만의 매력으로 느껴지는 요소들을 찍었다. 과거에는 시선을 두지 않았지만 시간이 지나면서 아쉬워진 오사카의 모습을 드디어 봤다. 오사카가 이렇게까지 내 취향이었나. 한 달 살이를 해보고 싶을 정도로 적당히 낯설고 편안한 곳이었다.

관광지를 벗어나면 잔잔해지는 동네 골목길도 마음에 들었다. 정해진 기간 내에 남들 다 가는 주요 관광지를 다 보겠다고 돌아다녔던 모습은 과거의 모습이 됐다. 여행지로 추천하기 애매한 현지인의 일상이 담긴 풍경을 카메라에 담는 게 가장 즐거운 여행자가 됐다.

기념품으로 삼는 물건도 엽서에서 연필로 변했다. 이제는 미술관이 아니면 엽서는 구입하지 않는다. 문구 강국인 일본에서 연필을 사는 건 다른 나라에서 사는 것보다 더 고민되는 일이었다. 별도 공간이 있을 만큼 자국에서 만드는 연필 종류가 다양했다. 그 덕에 선택의 폭이 넓었지만 고민하는 시간 또한 필요했다. 역시 가장 좋아하는 연필심의 진하기는 최소 B 이상이었다. 선명해야 쓸 때 속

오사카 우메다에서 촬영한 일몰 시간대의 빌딩

이 시원하다. 통 크게 한 다스를 집고 안 사려니 미련 남는 연필 한 자루를 더 집어 계산대로 향했다.

예전에는 주변에서 다들 엽서를 구입해서 따라 수집했는데, 취향을 하나씩 알아가면서 기념품도 나에게 유용한 기록 도구로 바꼈다. 쓸 때마다 그 나라 혹은 도시가 떠오르는 나만의 기념품은 내가 얼마나 주체적으로 여행하는 사람이 됐는가를 보여주는 증명이기도 하다.

다시 만난 오사카의 모습은 분명 그대로인데 그 속을 걷는 나는 무척이나 달라졌다. 어떤 것을 바라보며 하는 생각도, 찾아가는 장소도, 여행하는 방식도, 기념품도 2015년의 나와는 달랐다. 국내외 여행을 촘촘하게 쌓아가면서 점점 더 나다워지고 있음을 체감한 시간이었다. '전지적 뚜벅이 시점'으로 세상을 바라보며 지구, 그리고 나 자신과 더 가까워지는 법을 배우고 있었다.

더 이상 남들이 추천하는 명소에만 도장을 찍는 여행은 하지 않는다. 길을 걷다가 문득 시선을 붙잡는 편의점 외관을 찍고, 자주 쓰고 남기는 일에 어울리는 연필을 고르는 시간이 더 좋다. '다녀온 곳'보다 '어떤 시간이었는지'가 더 중요한 여행자가 됐다.

그 와중에 변하지 않은 것도 있다. 여행하는 삶을 살겠다는 결심. 2015년에 한 다짐은 여전히 유효하다. 여행을 통해 계속해서 새

특별하진 않지만 문득 시선을 붙잡는 오사카 우메다 야경

로운 나를 찾아가고 싶다. 또 그 과정들을 잘 기록하며 살고 싶다. 언젠가 오사카를 다시 찾게 된다면 또 한 번 다른 모습으로 찾게 되 겠지. 그때의 나는 어떤 여행자가 되어 있을까?

감회가 남달랐던 만큼 취재도 끝까지 잘 해내고 한국으로 돌아 왔다. 다행히 머리카락을 잔뜩 잡고 좌절할 일은 일어나지 않았다.

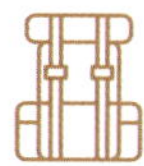

기록 취미가 있는 여행자를 위한
오사카 문구점 추천

* **델포닉스**Delfonics: 감각적인 디자인과 실용성을 갖춘 문구류를 판매하고 있습니다. 가격은 아래에 소개할 문구점들보다 비싼 편이지만, 그만큼 고급스러운 제품들을 구입할 수 있습니다.

* **이토야**Itoya: 100년이 넘는 역사를 지닌 일본 대표 문구점입니다. 아이디어 상품부터 문구인들이 사랑하는 일본 문구 브랜드 제품들이 한데 모여 있습니다. 특히 필기구 종류가 다양해서 백과사전을 보는 기분입니다. '일본에서는 어떤 문구류들이 쓰이고 있나' 궁금한 분들께 특히 추천합니다.

* **로프트**Loft: 일본 문구점에서 빼놓을 수 없는 대형 프랜차이즈 잡화점입니다. 문구류 외에도 화장품 여행용품 등 찾는 건 다 있을 것 같은 다양성이 돋보이는 곳입니다.

* **핸즈**Hands: 로프트와 함께 대중적인 프랜차이즈 잡화점으로 손꼽히는 브랜드입니다. 오사카의 대표 관광 거리 신사이바시에도 지점이 있습니다.

여행자라는 완벽한 타인을
포용해주는 모든 사람들에게

2015년 크로아티아 여행 마지막 도시였던 두브로브니크에서 생일을 맞았다. 옷과 기념품을 잔뜩 담아 한껏 무거워진 캐리어를 들고 구시가지 계단을 등산하듯 올랐다. 캐리어 바퀴와 모서리를 우당탕탕 계단에 부딪히며 간 곳은 두브로브니크에 있는 동안 묵을 숙소. 벨을 누르니 꼬불꼬불 흰머리를 곱게 정리한 할머니께서 나오셨다. 1층은 할머니께서 지내시고, 2층은 숙소로 운영하는 하숙집 같은 숙소였다. 체크인을 하며 여권을 드렸는데, 여권에 적힌 생년월일을 보고 상기된 얼굴로 이 여권 주인이 누군지 물어오셨다. "저, 저요…." 의아한 표정으로 손을 들었더니 와락 안아주셨다. "생일 축하해! 네가 태어나서 너무 기뻐!"

양쪽 볼에 당신 볼을 맞대며 한껏 영어로 축하한다 말씀하시고는 방을 나가셨다. 어안이 벙벙했던 이 기억을 지금까지도 잊을 수 없다. 이제 막 체크인한, 완벽한 타인이었던 여행자의 생일을 그렇게나 적극적으로 축하해주시다니. 지금 생각해봐도 감사하고 또 감사하다.

거기에 함께 여행한 친구가 젤라또 가게 직원에게 "얘 오늘 생일이에요!" 말하는 바람에 가게의 모든 직원으로부터 축하를 받았다. 절정은 한국에서 써서 가져왔다는 친구의 편지. 그날 저녁 레스토랑에서 먹은 파스타보다 쏟은 눈물의 양이 더 많았다. 여행하면서 노트북을 잃어버렸을 때보다 이날 더 펑펑 울었다. 친구는 왜 우느냐고 깔깔대면서 휴대폰을 들어 영상을 찍었다. 앞으로 수많은 여행이 새롭게 쌓여도 이 날은 평생 잊지 못할 거다. 확신한다. 주책맞게 울었던 레스토랑 야외 테라스에 부는 바람의 가벼움이 지금도 생생하다.

젤라또 가게에서 생일을 축하해준 직원들의 해맑은 표정을 기억한다. 안아줬던 할머니의 따뜻함이 선명하다. 여행하는 삶을 현실로 만드는 건 혼자 하는 일이 아니라는 걸 이 날 배웠다.

말도 많고 탈도 많은 여정에도 다음을 기약하고 계속 여행을 좋아할 수 있었던 건 여행 준비부터 여행 후 그리고 집 현관문을 다시 열 때까지, 모든 시간에 만난 사람들 덕분이다. 비행기와 공항 체크인 데스크에서 친절하게 대해준 직원들. 낯선 곳에서 서툴게 질문했을 때 흔쾌히 답을 줬던 현지인들. 같은 방에 묵는다는 이유 하나만으로 친구처럼 대해줬던 여행자들. 2023년 다니던 직장에서 퇴사하고 긴 여행을 혼자 떠나보겠다는 딸의 의지를 기꺼이 믿어준 부모님. 타지만 가면 뭐 하고 있느냐며 메신저를 보내는 동생까지. 이 기회를 빌려 모두에게 감사의 마음을 전하고 싶다. 덕분입니다.

마지막으로 이 페이지까지 읽어 주신 독자분들께 언제나 유의미하고, 감동적이고, 즐겁고, 변수가 있더라도 결국에는 웃게 되는 여행 같은 일상이 함께하기를 바라본다.

캐나다 퀘백에서
스위스로 가는 비행기 안에서

뚜벅이 여행을 함께해준 운동화와 카메라

호주 시드니 하버 브릿지를 배경으로 한 컷

전지적
뚜벅이 시점
세계여행

초판 1쇄 발행 2025년 6월 13일

지은이 송현서
펴낸곳 ㈜에스제이더블유인터내셔널
펴낸이 양홍걸 이시원

홈페이지 siwonbooks.com
블로그 · 인스타 · 페이스북 siwonbooks
주소 서울시 영등포구 영신로 166 시원스쿨
구입 문의 02)2014-8151
고객센터 02)6409-0878

ISBN 979-11-6150-999-0 03810

시원북스는 ㈜에스제이더블유인터내셔널의 단행본 브랜드입니다.

독자 여러분의 투고를 기다립니다.
책에 관한 아이디어나 투고를 보내주세요.
siwonbooks@siwonschool.com